捨てられ才女は家族とのんびり生きることにします

yocco

目次

バーデン家
エミーリア
アンネリーゼの母親で
アレクサンドラの実の妹。
社交術に長けている。
バルタザール
アンネリーゼの父親。
アレクサンドラに才を見出され、
宰相まで上り詰める。
アンネリーゼ
幼い頃から
「青き宝石」と才媛っぷりを
称えられてきた伯爵令嬢。
実は前世アラフォーOLの
転生者。
アルマ＆エルマー
アンネリーゼの双子の弟妹。
3歳。
Characters

バウムガルデン王国

絶対君主制を敷く、アンネリーゼの祖国

アレクサンドラ

国を治める女王。
苛烈な性格で
「赤の女王」の
異名を持つ。

カイン

王太子で
アンネリーゼの婚約者。
サラサと浮気をして
婚約破棄を告げる。

サラサ

「招かれ人」と
呼ばれる
異世界転移者。
カインの子を妊娠する。

デラスランド公国

古き公爵家が治める中立国

アルベルト

国を治める公主。聡明で柔軟な思考の持ち主。
アンネリーゼが初恋。

ライナルト

将軍。
バルタザールの旧友。

エッドガルド

独立したばかりの
若き商人。

ハイデンベルグ王国

軍事大国

ヨハネス

国王。
バルタザールの学生時代の先輩。

マルク

ヨハネスの年の離れた弟。
知性的で容姿端麗。

プロローグ

ちまたで流行りの「真実の愛」ブームってご存じ？

まず大前提として、この国、バウムガルデン王国では——いや、一般的な貴族社会では、結婚とは家と家を結びつけるものである。それが決まりだ。そして、その結びつき先を決めるのは大概その家の家長だったり、格上の家からの打診によって決定するのが普通なのである。

もちろんそこに、「真実の愛」などというものが割り込むことはない。あるとすれば、跡継ぎを生んだあとに、一部の人間が「恋愛ごっこ」をする程度の乱れぶりくらいであった。

だから、婚前の若者に「真実の愛」などというものは存在しないのだ。

——ところが、だ。

今、婚前の自由恋愛が大ブームなのである。

つい先ほど、「大前提」といったにもかかわらず。

それをさも崇高なもののように声高に叫ぶのは、当事者の若者たち。彼らはそれを「真実の愛」などと呼び、ちまたで婚約破棄騒動を引き起こすのだった。

普通、貴族間では、親の決めた家と家とを結びつける婚約、ひいては結婚をするのがあたりまえなのに、それを覆して、恋した相手との「真実の愛」を貫くのが流行になっている。

それが今の嘆かわしいブームなのだ。

そして、「嘆かわしい」といわれること、障害の壁こそが、より恋情を盛り上げるのだろうか。彼らは声高に「真実の愛」の尊さを叫ぶ。

そう。それは「婚約破棄」ブームといわれ、良識ある大人たちは苦々しげにその流行を眺めていた。

運悪く、そんな騒動を馬鹿息子、馬鹿娘に引き起こされた親はといったら、婚約破棄をされた相手方の家への賠償金に加えて謝罪金の支払い、婚約破棄をした相手への良い縁談の斡旋と、右往左往する羽目になる。

そして、そこまでして貫いた愛というものも、「恋」レベルのものも多いから、必ずしも長く続くものではなかったりするのだ。

相手とのとてつもない身分格差恋愛の珍しさに付き合ってはみたものの、結局価値観が相容れずに破局したり、愛らしさを求めて恋に浮かれてみても、相手の学識のなさや所作の品のなさに辟易したり。とんでもない事例が多々見受けられたのだ。

身分差を越えた禁断の愛に陶酔したものは、次第にその身分差、相手の所作の粗《あら》が気になるようになり、対して身分の低い方はというと、身分が上のものが身につけてあってしかるべきマナーレッスンに辟易する。その階級にあったマナー教育など、一朝一夕で身につくものではないのだ。もちろん、学ぶべきはマナーだけではない。

無知が愛らしいとパートナーを選んだものは、その相手の学のなさに、会話を重ねるごとにだんだん嫌気がさす。対して、無知な方のパートナーは突然降って湧いたような身分というものという身の丈に合わない浪費を重ねたりする。

もちろん、全てが悪い結果となるわけではない。

互いに互いを支え合い、真実の愛を貫き、幸福な結婚生活を送るものもいる。

けれど、上手く真実の愛を貫く者は実はいたりする。「家と家の結婚をしたもの」たちでも、次第に情がわき、やがてそれが愛に変わっていく。そんな関係もたくさんあるものなのだ。

けれど、それと対局にある愚かな「真実の愛」に酔いしれる若者のひとりは、私のすぐ側にもいたのだった――。

第一章　青天の霹靂

それは十八歳の貴族学園卒業パーティーでのことだった。

「アンネリーゼ・バーデン伯爵令嬢！　私はこのサラサ・カガミとの『真実の愛』を知った。その上、彼女は私の子を身ごもっている。分かるか？　この国の跡取りがいるということだよ！　だから、妻には彼女を迎える。よって、私はお前との婚約を破棄することをここに宣言する！」

「は……？　真実の、愛？　子供？」

私を名指しする彼は、この国の王太子カイン・バウムガルデン殿下。彼のいう、アンネリーゼ・バーデンとは私のことだ。従兄妹同士の婚約者でもある。

私は十八歳という歳で、結婚の儀も間近に控えていたはず。けれど、突然婚約破棄とはどういうことだろう。

私は突然降って湧いたような宣告に呆然とした。

「アンネリーゼ。お前は、私の側にいるサラサに嫉妬して、彼女をきつく叱責したり、彼女の制服を破ったり、挙げ句の果てには彼女のことを階段の上から突き落としただろう！」

その彼が私を指さして威丈高《いたけだか》に叫ぶ。彼の声は、しんと静まりかえったきらびやかなホールに響き渡った。

彼のいうサラサとは、隣にいる茶色い髪の頼りなげな愛らしい少女のことだ。庇護欲をそそるような華奢で愛らしい容姿を持ち、王太子の腕にすがりついている。そして、彼女は異世界転移者でもある。

そして、彼とサラサを援護するように、騎士団長の子息や、学園で教鞭を執っていた教師、神官長の子息、確かサラサの身元引受人になった貴族の家の子息といった、学園内では有名なメンバーが、王太子殿下とサラサの周りを囲んでいた。

きっと、彼らは王太子殿下とサラサとの恋路を支持するといった意思表明なのだろう。

確かに私は、彼女に「婚約者がすでにいらっしゃる殿方になれなれしくしてはなりませんよ」と諭したこともある。サラサが、すでに婚約者のいる騎士団長の子息や、神官長の子息、学園の担任をしていた教師や、サラサの身元引受人の兄君にと、次々と秋波を送っていたからだ。

ただ、「まだこの世界にきて日が浅いから、そういった常識をあまり知らないのだろう」と考慮して、やんわり諭しただけのはずだった。

さらにいわせてもらえば、制服を破ったのは私ではない。私以外の、自分の婚約者に色目を使われた他の女性たちであった。私は、彼女たちにその話を聞いて、彼女たちの愚痴に頷きつつ、やりすぎは良くないと諭し、サラサに対しては、彼女が困らないように新しい制服を贈っ

たはずだ。

階段から突き落としたというのも身に覚えはない。強いていえば、ちょうど学園の階段の上ですれ違ったときに、勝手に彼女が階段から落ちたのだった。

だから、私はぽかんとする。

――ええと？　身に覚えがないんですけど。

それに私たち、女王陛下直々にお決めになられた婚約者同士でしたよね？

王太子殿下は、先ほどいったとおり私の婚約者でもある男性である。彼が名指ししている令嬢、彼の婚約者であるはずの私。そして、その婚約をお決めになったのはこの国のトップのアレクサンドラ・バウムガルデン女王陛下、彼のお母さまである。

絶対君主制のこの国の頂点に立つ人。女性ながらも身内の血の粛清を厭わずにその玉座を手にした人で、彼女に逆らえる人は片手の指が余るほどしかいない。強いていえば、彼女の夫である王配、エドワルド王配殿下ぐらいだろうか。

……って、話が逸《そ》れたので戻しましょう。

そう、「真実の愛」とやらの話である。

そりゃあ空前のブームであるので、私ですら「真実の愛」については知っている。それがどんなに貴族社会に混乱をもたらしているかも。だがしかしそれは、まだ、庶民や貴族の間だけに流行るものだった。

婚約者のいる貴族男性が、平民である商家の生まれの女性と恋に落ち、身分を捨てて駆け落ちしてしまったり。

婚約者のいる貴族男性が、本来の婚約者である姉とではなく、妹と恋に落ち、家内でなんとか収拾をつけたりとか。

そんな騒ぎをよく聞くようになってきた。

やがてそれは、高位貴族でもちらほらと耳にするようになってきていて、私の友人の貴族令嬢が婚約破棄されて泣きわめくのを宥めたことも一度や二度ではない。

女性の方が家格が上で、断固として婚約破棄を受け入れなかったとしても、それはそれで結婚後に愛情のない寒い結婚生活が待っているのだった。その上、「真実の愛」で結ばれた女性との愛人関係に目をつむるという、酷《ひど》い例もある。

けれども、さすがに王族の結婚や婚約に「真実の愛」などというものは、側室や妾などを持つことを除けば、前例はない。少なくともこの国、バウムガルデン王国では聞いたことがなかった。

王族にとっての結婚とは、家と家、血と血、ときには国と国とを結びつける。国の行く末を決めるためのものだから、「真実の愛」ブームとは無縁のはずだ……った。

ちなみに王太子殿下と私の婚約は、この国の女王陛下アレクサンドラさまが、私が六歳を過ぎたときにお決めになったことだ。その女王陛下のお決めになったことを、王太子殿下が独断で覆そうというのだろうか。それとも、女王陛下もご存じということだろうか。

――いや、それはないだろう。

だったら、女王陛下からの命で婚約が解消されるはずだ。もしくは、女王陛下の御前で王太子殿下が代弁なさるだろう。

そして私に落ち度があるのであればそれを糾弾されて破談とされる。そうでなく、私に落ち度がなく、王家の問題であるのであるならば、我が家へ多額の謝罪金と共に申し出があるのが普通なのだ。しかも、婚前交渉のあげくに他の女性を身ごもらせたのだから。

そうして当の女王陛下は今、国の祭事で王配殿下と共に国の辺境にいらっしゃる時期だ。今年の豊作の祈りを神々に捧げるための祭司として、女王陛下及び王配殿下揃ってお出かけになっている。

だから、そのタイミングで婚約解消の話など出るはずがないのだ。本来なら。この国の重要事項を決めるべき女王陛下はご不在なのだから。

女王陛下はとても美しい方。けれど、とても苛烈な女《ひと》だ。それこそ身内の血の粛清すら厭わないその性格から、「赤の女王」と呼ばれるほどに。そしてそれを受け入れる豪胆さ。

彼女の命令は絶対。そしてそれを覆そうとするものがいれば、躊躇なく断罪する。それは身内であってもだ。今王位に立っているのですら、兄君たちや父の血の上になりたったものだ。

彼らの退廃的で浪費の激しい生活は、やがて国を滅ぼすと、彼らを王に値しないと判断し、自分を支持する貴族たちと共にクーデターを起こし、彼を退位させ、上の兄は毒殺し——粛清していた。ちなみに下の兄は、馬車事故に見せかけて殺している。

ちなみに、兄たちが政治への興味を持っていることをそこはかとなく見せるため、アレクサンドラは我が身を護るために我が身を害する可能性のあるものを粛正していったのである。この家は、そういう王家だったのだ。その後、国で定めた税率以上の課税をかけ、稼いでいた貴族たちは、すべからく断頭台へと送られている。

そうして「赤の女王」と恐れられる反面、女王陛下はとても有能な方でもあった。だからこそ、家内での血で血を争った上で在位していることを黙認されているのだ。

そう。女王陛下に逆らうことはとても恐ろしいことなのだ。

だから私はとても迷った。

「殿下。そのご下命は、女王陛下もご了承のものと受けとめてもよろしいでしょうか？」

違うだろうと、薄々思いながらも、私は相手の様子を探ってみることにする。

すうと深呼吸をしてから、なんとか頭の混乱を鎮め、問いかけた。

「ははう……、いや、女王陛下にはお帰りになった際にこのサラサとの引き合わせも兼ねて報告をする。母上だって、我が王族に、希少な聖女の血が混ざることを心から喜んでくださるに違いない！　しかも、すでに我が王国の跡取りが希少な聖女の身に宿っているんだ！」

——は？　事後承諾？　しかもできちゃった婚？　あの女王に？　って、馬鹿——⁉

息子なのに、自分の母親である女王陛下、そしてその王家の恐ろしさを知らないの？

私でもことの顚末は想像がつきそうなものなのに！

私は人前にもかかわらず、思わぬ返答――いや、想定どおりだろうか――に、ぽかんと開いた口が塞がらない。

彼が彼の側に抱き寄せたのは、茶色い髪の頼りなげな愛らしい少女、サララサ・カガミ。彼女の腹部はまだ妊娠したと分かるほどの膨らみはない。

けれど、周囲には儚《はかな》げな表情を見せながらも、私と目が合うと、好戦的な、勝ち誇ったような笑みを浮かべる。

私の婚約者を奪えたことに、優越感を感じているのかもしれない。

彼女は招かれ人――要は異世界からの転移者としてこの国に降り立ったのだという。あくまで世界が呼んだものであって、召喚術などを使って意図的に呼ばれたわけではない。ただ、その希少さから、聖女や聖人とあがめ奉られるのが恒例で、この国の有名人だ。

なぜそんなに重用されるのかというと、異世界からの転移者というのは、世界と世界を移動する際に、特別な力を神から授かることが多いからだという。

サララサの場合、一般人では使いこなせない、人々を癒やす光の魔法を行使することができるそうだ。

そんな彼女が、王太子殿下と親しくしているのは知っていた。けれど、それも彼女がまだこの世界の常識を理解できていないからだと思っていた。

確かに私はサラサに注意したりしたことはあったが、糾弾するような言い方をした覚えはない。

「あの、今、国には女王陛下はいらっしゃいません。それでもこれは決定事項、と認識してよろしいでしょうか」

私は、この事態の収拾を試みた。自分で言うのもなんだけれど、六歳にして「バーデンの青い宝石」とまで評された、この頭脳を使って、冷静に事態を鑑みる。ちなみに、「バーデンの青い宝石」が私の通称となったいきさつは、あとで説明するわ。急を要するのでね。

私は頭の中でざっと状況を整理する。今の事態を私が最善の状態で収め、そして我が家の家長であるお父さまに取り次ぐ、その方法を。

赤の女王。彼女はこの国の独裁者だ。彼女に逆らったら、どんな末路が待っていると思う？

まあ、それは残酷すぎるものだから、想像にお任せするわ。

さらに、王太子殿下は、婚約者の私が言うのもなんだけれど、頭の方のおできはあまり良くない。だから、成人を過ぎた王太子殿下ではあるものの、おそらく女王陛下は王家の決めごとの移譲権すら預けてもいないだろう。王都を不在にするからといって、あの女王にしてこの王太子。王権を委ねることをできるとは思えない。とすると、王命で発したはずの婚約を王太子殿下が破棄するというのは、王太子殿下の独断、しかも無許可ではないかと考えられた。

ならば、このあと女王陛下が戻ってくるまで、これをうやむやにしていたくない。火を見るのは明らか、逃げるが勝ちだ。なんとかして逃げた方が良いだろう。

そしてできるだけ、この大勢の人々の前で、この婚約破棄の責任者は王太子殿下だということを明確にしてしまいたかった。

今ここで王太子殿下が「決定事項だ」といってしまえば、責任は全て彼のものとなる。苛烈な女王陛下からお叱りを受けるのは、王太子殿下とサラサ、そしてその取り巻きたちだろう。

——ここで私に非がないことをはっきりさせなければ。

そうでなければ、私を含め、お父さまやお母さま、可愛い双子の弟妹にまで累が及びかねないのだ。

私は、嫌な汗が背中を伝うのを感じながら、今か今かと王太子殿下の口が開かれるのを待つ。

「ああ、決定事項だ。女王陛下並びに王配殿下のいない今、国の裁量は私に委ねられているからな。私の王妃はサラサに、そして私の跡継ぎはサラサの子とする。その私の子を宿しているサラサを階段から突き落とした罪により、そなたをこの国から追放する。この国から早々に出て行くが良い」

——よし、言質はとった。

なにかあっても、責任は全て彼に取ってもらおう。

でも、まさか王太子殿下が婚約破棄まで言い出す事態になっていただなんて。しかも孕《はら》ませ……いや、言葉がすぎるか。そんな関係にまでなっていたとは知らなかった。

――なんて馬鹿なんだろう。

私は心の中で思う。

いくら実の息子とはいえ、あの「赤の女王」の決定事項を覆すなんて。

けれど、彼女《サラサ》がいくら希少な存在とはいえどももとは平民。いや、聖女と見いだされてから、確か伯爵家の養女に迎えられているはず。だったら家格の問題はクリアなのかもしれない。

そして次に、彼女はこの世界での教養はほとんどないといって良いレベルだった。常識的に考えて、今すぐ彼女を婚約者に据えるなど考えられるはずもない。

王太子妃に必要な、語学、淑女教育、社交能力、他国に至るまでの歴史の詰め込み……数えたらキリがないけれど、それを今から、おそらく十八かそこらから身につけようというのか。

しかも身重の身で。

しかも、この国の国教は、結婚に際して女性に純潔性を求めるのだ。王族の結婚ともなれば、初夜の血のついたシーツが、翌朝恭しげに飾られるほど。

なのに、それすら覆している。

あの聖女は教会に保護されているのだろうけれど、その教養を足蹴にしているサラサをどこまでかばうのだろうか。

――そこまでの覚悟があっての婚約破棄騒動であれば、「真実の愛」とは見上げたものだと感嘆できる……のだけれど。

——この国の王太子は馬鹿だ。

彼を頼りに婚約者に名乗りをあげたサラサも、どこまでどういう状況なのか分かっているのだろうか？

女王に打診をせず、不在のおりに、彼女が決めた婚約を勝手に破棄をする。これほど恐ろしい行為はそうそうないだろう。きっと王太子殿下のみでは飽き足らず、サラサ自身にも怒りの矛先が向くに違いない。

おかしなものだ。豊かな知識と実行力を併せ持ち、性格は苛烈で、「赤の女王」の二つ名で呼ばれる女王陛下。そのご子息が庶民の流行に無計画で乗って浮かれているのには、めまいさえ覚えた。

きっと女王陛下は烈火のごとく怒ることだろう。身内でありながらそれすら分からないのだろうか。いや、息子だからこそ、その立場に甘えている？

——さあて、どうしよう。

私は思案する。

彼の言質は取った。次は私の心の整理だ。

私は六歳の頃に婚約者として定められ、相手となったカイン殿下に、恋をしようと努力した。

そして、それは次第に私の思考を染めてゆき、私は彼に恋をするようになった。

だから、彼の心変わりが決定的になった今、正直なところ、私は心から傷ついている。貴族令嬢としての矜持があるからこそ、ぐっと我慢をしてはいるものの、今この場で崩れ落ちて泣いてしまいたいほどの心情だ。恋をするよう仕向けた感情でも、それはいつかは恋情に変わる。そして、それが破られれば、傷つくものなのだ。

それなのに、壇上の殿下とサラサは、そんな傷心の私を尻目にイチャイチャとじゃれ合っている。

それを見て、私は唇を噛《か》んだ。目には涙が滲んできたのだろうか。彼らを眺める視界がぼやけてきている。さらに、身体を支える力が抜けて、床に直に座り込んでしまう。

ようやく、異常事態に固まっていた心と体に、感情が追いついてきたのだろう。

――泣きたい。辛い、逃げたい。誰かこれは現実じゃない、夢だといって。

でも、私を遠目にみる誰も、助けてはくれなかった。次期王太子妃がどちらになるのか、判断しかねているのだろう。確実に王太子妃となるものに肩入れしたい。それまでは様子見をする。貴族とはそういうものだ。

ここにいる者たちは、その貴族の令息、令嬢たちなのだから。

私はぎゅっと唇を噛み、拳を握りしめる。

――さて、どうする？

辺りを見回すが、私は遠巻きにされて、味方になってくれそうな人は見当たらなかった。

――ここはひとまず退場して、状況をお父さまにご報告すべき？

泣いている場合じゃないわ。まずはお父さまに報告しないと。

そうしてようやく頭の整理が付く。

そう考えていた矢先、優しい声音と共に、コツコツと足音が近づいてきて、そっと真っ白い清潔そうなハンカチを差し出された。私は俯いていたものの、はっとして顔を上げる。

「アンネリーゼ嬢」

「……エリアス、殿下？」

それは、カイン王太子殿下の弟君の第三王子殿下。この学園の後輩にあたる方であった。私のふたつ年下の方だ。

バウムガルデン王家には、カイン王太子殿下の他に、カール第二王子殿下、そして声をかけてくださったエリアス第三王子殿下がいる。ちなみに、カール第二王子殿下とエリアス第三王子殿下は双子の兄弟だ。

話をもとに戻そう。

私は、じっとエリアス殿下を見つめたあとに、差し出されたひとつの穢れもない真っ白なハンカチを見つめた。

「エリアス殿下、どうして……」

ここにいるのか、と問おうとすると、そっと頬《ほほ》にハンカチを押し当てられる。真っ白い清潔なハンカチに、私の涙のシミがついてしまう。

「女性がそんなにきつく唇を噛みしめたり、拳を握ってはいけませんよ。もしも唇が切れてしまったり、手の平に爪が食い込んで、玉の肌に傷が付いてしまったりしたら大変だ。そして、その涙はハンカチの中に隠してしまいましょう？」

誰もが私を遠巻きにしている中に、私に気を配ってくれる人がいたことに安堵《あんど》した。第三王子、エリアス殿下の声に再びじわり、と私の瞳に涙が浮く。

「ほら、ダメですよ。ここは人前ですから……」

そういって彼は、私を彼の背中の影に隠れるようにしてくれる。

――年下の十六歳の彼の背中はこんなに大きかったかしら？

私たちの間にはあまり接点はない。学園に入学する頃には、私はすでに王太子殿下の婚約者であったから、他の男性とは距離を置いていた。記憶に残っているのは、エリアス第三王子殿下が、彼の入学式のときに生徒代表として壇上で挨拶をするのを遠目で聞いたとき以来だ。そのときの彼は、まだ幼さの残る顔立ちをしていたはず。

そんな記憶をたどっていると、大衆のざわめきの中から、私がもっとも頼りにしている男性の声がした。その大きな声に、私を取り巻く人混みに割れ目ができる。

そこから現れた人の姿を一目見て、気が緩んだ私の頬に、とうとう涙が伝った。

「アンヌ！」

アンヌ、それは私の愛称だ。家族以外にそれを使う人はいない。

「……お父さま！」

私は、一番の味方を見て、名指しされてからずっと硬かった表情が和らぐのを感じる。

お父さまは私の側に来る。すると、エリアス殿下がお父さまと位置を交代してくださり、お父さまは私を正面から優しく抱きしめてくださった。

「お父さま、お仕事中じゃ……？」

「子細をエリアス殿下にお聞きして、飛んできたよ。私の大切なアンヌの危機なんだ。なにを置いても君のもとへ駆けつけるのが父親として当然だ。なんでも酷い目に遭わされたんだって？　今はお前も動揺して落ち着いて判断もできないだろう。この場は辞去しよう。家に帰るんだ。良いんですか？」

「良いいな？」

逆に私はお父さまに問う。するとお父さまはさも不思議そうに首を傾げた。

「どういうことだい？」

「私は王太子殿下から婚約破棄を命じられました。私たちの婚約は、女王陛下が直々にお決めになったものなのだとか。ただ婚約が解消して終わりになるとは思えません。私は私に落ち度があったとは思いません。けれど、当事者の私をかばえば、家にもご迷惑をかけてしまうかも……」

そう告げると、お父さまは首を横に振る。

「大丈夫。今はどうあがいても女王陛下と王配殿下は揃っていらっしゃらない。だからまだ女王陛下はこの事態を知ってすらいないはず。王太子殿下には手の打ちようはないんだ。な？　まずは、家に帰って落ち着こう？　それからこれからのことを考えれば良い」

私はお父さまの言葉にコクン、と素直に頷いた。

嬉しかった。

だから、思わず子供の頃のように両手をお父さまに伸ばす。すると、お父さまは座り込んでしまっていた私を両手で支えながら起き上がらせてくれる。そして、私が立ち上がると優しく抱きしめてくれた。

お父さまの抱擁は温かかった。大きな背中がやっと温もりと安心をくれた。

衆人の注目の中、私を窮地に陥れた人の弟君のエリアス殿下しか助けてくれない状況で、もっとも頼りになる人のひとり、お父さまが駆けつけてくれたから、心からの安心を得ることができた。

しばらくの間、私たちが抱きしめ合っているのを見守るように立っていらっしゃったエリアス殿下を私は見る。それと殿下の貸してくださった真っ白いハンカチも。殿下が貸してくださったそのハンカチは、涙で汚れてしまっていた。薄く施していた化粧の色も、ハンカチについてしまっている。

「殿下、このハンカチ……」

子供だとばかり思っていた彼は、まだ幼さが残る顔つきながらも穏やかで優しげな表情でにっこりと微笑んでくれた。

「大丈夫。それは使い捨ててしまってくれて良いよ。それとね。この件は、僕も納得がいっていない。兄上の勝手な持論で進まないよう、僕から母上にもきちんと伝えておこうと思っているから安心すると良い。心配しなくて大丈夫だから」

そう約束して、にっこり笑ってくれた。

——優しくありがたいお言葉。

でもねえ〜。

——結婚前に他の令嬢を孕ませるような方、こちらから願い下げなんですけど……。

ようやく気力が戻ってきて、心の内で思うが、さすがに口には出さなかった。

「それにしてもタイミングが良かったな」

「それはどういう?」

「この国の宰相であるアンネリーゼ嬢のお父さまはね、ちょうどこの卒業式でご自身の部下とする文官にふさわしい人物を見定めにいらっしゃっていたんだ」

お優しいようで、エリアス殿下もお人が悪い。

エリアス殿下とお父さまが目配せをし合い、いたずらっぽく笑い合った。

それが聞こえると、ざわっと辺りがざわめいた。きっと文官の職を欲しいと願っている子息たちだろう。

「こんな事態を良かったというのもなんだけれど、不幸中の幸いというところかな。騒ぎになってすぐ、私が呼んだんだよ。だからアンネリーゼ嬢を助けに来ていただけた」

最後のそのひと言に、少し表情が曇ったのは気のせいだろうか？　確かに、エリアスさまはお優しいけれど頼りがいがあるかといわれると、ちょっと……という感じなのだけれど。

ともかく私は、一番の味方のお父さまの腕の中で、ほっとして脱力する。お父さまの腕に再びしがみつく形で倒れそうになってしまった。

「可哀想に、アンヌ……」

お父さまが、私を楽にするために抱き上げようとする。

「バーデン卿、私が……」

そう言いかけるエリアス殿下を、お父さまがきつい口調で制止する。

「殿下。娘の危機にお呼びくださったことは感謝いたします。……ですが、私は今のこの場で娘を傷つけたものの弟君に、娘の身を預ける気は毛頭ございません」

そうきつめに言うと、軽々と私を姫抱きに抱き上げてくれる。

私はともかく、お父さまは王太子殿下おひとりだけではなく、王家全体に対して反感を覚えたらしい。

「……お父さま……」

普段は優しいお父さま。その怖さが怒りで表情に表れてエリアス殿下に向けられる。私にとってはその怖さも、この場では頼もしく感じて、安堵を覚えた私は頭をお父さまの肩に預けて瞳を閉じたのだけれど。

「くっ……」

エリアス殿下は、苦しげに唇を噛んで下を向いた。なぜだろう。私は所詮顔見知りの上級生、そして、一貴族の娘。そしてたまたま、彼の兄の婚約者だった女というだけだというのに。

エリアス殿下の思惑は分からなかったけれど、お父さまは、王族への最低限の礼だけを執って、その場を辞することになった。私は抱き上げられたまま頭を垂れることしかできなかったけれど。

衆人の好奇の目からは、お父さまの大きな背中が守ってくれた。

第二章　家族会議

「まあなんて酷い！」

家に帰って、一部始終を聞かされたお母さまの第一声はそれだった。

馬車に乗っている間も、そして馬車から降りて王都にあるタウンハウスの玄関にたどり着いてからも、お父さまは、私を支え抱きしめてくださっていた。そしてリビングに着くと、お父さまと代わってお母さまが私を優しく抱きしめる。

男性と女性の体つきの違いだろうか、お父さまの抱擁は、固く大きく頼もしさを感じたが、お母さまの抱擁は柔らかくて温かく、ふわりと良い匂いがした。

お父さまとお母さまからの抱擁なんていつぶりだろう。

王家に招聘《しょうへい》されてから、私の部屋は王宮の中の一室に移った。それは未来の王妃にふさわしく豪奢な一室ではあったものの、自宅へ帰ることはほとんど叶わなかった。それほどまでに、王太子妃教育、ひいては王妃教育は厳しく、覚えることも多岐にわたったのだ。私のスケジュールはそれこそ一分一秒刻みのものだった。それが六歳の頃から続いていたのだ。

「おねえたま～。ボクはひさしぶりにおねえたまにあえて、うれしいなぁ～」

「わたちもよ、おねえたま。だからなかないで～」

そう舌足らずな口調で私を慰めようとするのは、歳の離れた三歳の双子の弟妹のエルマーとアルマだ。

彼らは、私が婚約者として城に招致されてから生まれたから、私にはあまり接し慣れてはいないはず。たまに帰省を許されたときに触れ合ったのみだ。もちろん、姉がいることを話には聞いてはいるだろう。けれど幼い弟妹にどこまで分かっていたのか分からなくて不安だったのに、彼らは私のことをすんなり受け入れ、さらに慰めようとしてくれている。きっと、お父さまとお母さまのもとで、素直な良い子に育っているのだろう。もしかしたら、姉の私の話を聞かされてきたのかもしれない。

――と、私たちの家族はここにいる五人で全員。祖父母はすでに他界しているし、一般的な貴族と比べて、親子だけの小さな五人家族。それが私たちだった。

「……お母さま、お父さま、私を叱らないのですか？」

「どうしてアンヌを叱るの？　話を聞いたけれど、王太子殿下の心変わりなんでしょう？　しかも余所《よそ》の令嬢を孕ませたですって？　あなたはなにも悪くはないわ。それと、辛い中、王太子殿下にしっかりと自分の判断だと言わせてきたのは偉かったわ。それだけで十分風向きが変わるもの」

私の問いに、お母さまが穏やかに答えた。そして、あの場をあの形で収めたことを褒めてくださった。

「……『真実の愛』、ねえ。しかも、できちゃったからだなんて」

そんなことを、一見おっとりとしているお母さまが、ぽそっと口にして、赤い口もとを衣の裾で隠しながらクスリと笑う。

「あんなもの、馬鹿みたいに派手な茶番劇をしないで、こっそり上手くやれば良いのよ。それが賢いやり方ってもの。実際、それをやってきた貴族はいくらでもいるわ。でも、流行を鵜呑みにして派手なパフォーマンスにしてしまった以上……」

「愚策も愚策。下《げ》の下だな。児戯でしかない。アレが次の国王だなんて嘆かわしい」

「やぁだぁ、あなた。出来の悪い子供だからこそ、馬鹿な真似をするんですよ」

お母さまの言葉に、追随したお父さまの言葉に、さらにお母さまがキツいことをおっしゃる。

国の宰相をしているお父さまはもちろんだが、一見おっとりしているお母さまも、その見た目とは裏腹に、実は敵に回すと怖い人だ。なんせ生まれは王族。アレクサンドラ女王陛下が、お父さまをこの国に縛りつけておくために娶《めあわ》せた、女王陛下の妹なのだ。生まれも育ちも、生粋の貴族、女性の中の女性、という人である。貴族女性らしく、表と裏の顔をしたたかに使い分ける人である。

ただし、彼女の父は「赤の女王」の政変の折りに謎の死を遂げている。その指示をしたのが姉であるアレクサンドラなのではないかと、まことしやかに囁《ささや》かれており、お母さまもそう思っている人物のひとりだった。

だから、お母さまとアレクサンドラ女王陛下は仲が悪い。もちろん表立ってやり合うことはないけれど。だから、私の婚約が決まったときに立腹していたのはお母さまだった。

――とはいっても、私たち子供たちにとっては、優しいお母さまでしかない。

「それにしてもアレが王太子だなんて、この国も先が思いやられる。アレクサンドラならいざ知らず、馬鹿息子《あんなの》のお守りをしながら宰相なんて続けたくないな。さてどうしたものか」

お父さまは嘆息を吐く。ちなみにお父さまは、実はこの国の生まれではない。女王陛下に実力を買われてこの国の文官となり、頭角を現して宰相の座に抜擢された、領地を持たない役職貴族なのだ。だから、ときどき、学生時代の名残か、女王陛下のことを陛下をつけずに名前だけで呼ぶ。

話は逸れるが、その経緯を説明しよう。

◆

この大陸には、バウムガルデン王国と隣接した、デラスランド公国という独立国がある。周囲を湖に囲まれた、いや、湖の真ん中にできた島を国土とする、古き公爵家が治める中立国である。

そこは大陸でもっとも高い教育レベルを誇る学園都市を抱えており、各国の王子、王女や、貴族の子息、子女の中でも優秀な者たちが通うのだ。

その中でも、デラスランド公立大学がもっとも有名だ。

もちろん、その大学の入試の競争率は高い。しかも、どんな大国の王子王女ですら、立場を利用しての入学は叶わず、あくまでその能力をもってしか入学を許されない。だから、デラスランド公立大学出身というだけでも、後々のキャリアのステイタスになるのだ。

そんな大学に若かりし頃のアンネリーゼの父、バルタザールは通っていた。そして、その同級生として、同時期にのちのバウムガルデン王国女王アレクサンドラが通っていたのだ。

「なによ！　また一位を逃したじゃない！　……そして一位はまたあの……」

当時のアレクサンドラ王女が張り出された成績表を前に地団駄を踏んでいた。そこにバルタザールが通りかかる。

「おや、王女殿下。また目標達成ならず、ですか？」

王子王女、どんな貴族といえども、この大学内ではその貴族としての立場は通用しない。あくまで一学生同士として卒業までの四年間を過ごすのだ。

そうして、バルタザールはその慣習のとおり、アレクサンドラ王女殿下に言葉を投げかけた。

「バルタザール！　貴様、誰のせいだと思っている！」

アレクサンドラ王女は、怒り心頭に発するとでもいうように顔を真っ赤にして、お父さまをファーストネームで呼び、彼の方に向き直る。家名でなく、ファーストネームで呼ぶのは、アレクサンドラとバルタザールが勉学において互いにライバルとして認め合った学友であり、その気安さからだ。

アレクサンドラ王女の名前の上には、いつもバルタザールただひとりの名前があった。

「私なんて、弱小国家であるヴューラー王国の貴族の三男な上に、その武道の能力すら人に劣るからといって、『武官がダメなら、女々しく文官の座でも得てこい』と、半ば放り出されて来た身なんですけどねえ……」

バルタザールは飄々《ひょうひょう》と告げて肩を竦める。そうして成績表とアレクサンドラ王女を見比べた。その態度が、アレクサンドラ王女の怒りの火に油を注ぐ。

ちなみにヴューラー王国とはやはり同じ大陸に存在する、武力でもってその国力を誇示している小国である。

そんなふたりを、定期テストごとの恒例行事とはいえ他の学生たちがハラハラと見守っていると、その群衆の中に一切の配慮もなしに飛び込んできた身体の大きな男がいた。

「俺の成績～！　赤点は、補習はぁ～！」

そしてそう言った大男が、バルタザールとアレクサンドラ王女を無視して成績表に食い入るように見た。群衆の中の何人かは不幸にも、彼の大きな身体に吹き飛ばされていた。

「ああ、ちょうど良いところに来たな、ライナルト」

ライナルトと呼ばれた巨漢の青年は、ここデラスランド公国の伯爵家長男である。父親が将軍職を賜っており、ライナルト自身も恵まれた体格と、それに見合った優れた武道の能力を有しているため、家督も将軍職も彼が継ぐであろうと期待されていた。

……が、問題は彼の学力であった。

彼の父は、「将軍たるもの、腕力や武道の能力だけではダメだ。知略も重要である」とそういって、彼をデラスランド公立大学に行くよう命じた。

「デラスランド公立大学に入学すらできないようでは、お前が就いている嫡男の座をそのまま与えるかどうか考え直す」

そう父親に半ば脅されて、猛勉強の末に滑り込んだのだ。

そうして彼は、かろうじて狭き門をくぐったのは良いものの、大学の勉学についていくことに、早々に躓《つまず》いた。その知らせは学園から彼の実家にすぐに伝わり、彼のもとには父からの叱責の手紙が次々と舞い込んだ。それを手に、ライナルトは肩を落として廊下にしゃがみ込んでいた。そんなときに彼の前を通りかかったのが、バルタザールであった。

ライナルトは、普段から巨体を縮こめて、分からないながらも頭をかきむしりながら真剣に授業に取り組んでいた。バルタザールは、そんな彼の姿を好意的に見ていた。

なので、バルタザールは彼に手を貸すことにした。

要は、彼の日々の復習と、テスト対策に手を貸してやったのだ。そう。最低限赤点を取らずに、無事に卒業試験を通過できるように。

「うん、うん！」

ひときわ背の高い彼は、成績表の下部にある自分の名前を、人混みをものともせずに易々と見つけた。

「赤点はひとつもなしだ！　これで父上にも報告できる！」

そういって顔を紅潮させながら破顔して、これまた大げさにバルタザールに駆け寄って彼を抱擁する。

「バルタザール！　やったぞ、また君のおかげだ！　礼をするぞ、なにが良い？」

ぎゅうぎゅうと羽交いじめされるバルタザールは苦笑交じりにライナルトを宥めるようにその背を叩《たた》く。

家から半ば追い出されたバルタザールと、父親に期待されて大学に通っているライナルトの実家からの仕送りとは雲泥の差があった。

だから、いつもバルタザールの協力の下に定期試験をパスする度、ライナルトはバルタザールに礼をすると言い張った。

「私のアドバイスがあったとしても、努力したのはお前だろ？　良くやったな、ライナルト」

「いやいや、君のおかげだ。遠慮するな、な？」

ライナルトの表情は喜びに溢れていて、バルタザールが辞退しても引きそうにない。それはいつものことだった。

「そうだなあ、……礼、ねえ……。じゃあ、前に戦術学の先生が勧めていた本が手に入るなら欲しいんだが……」

「……なんて題だったっけ？」

バルタザールとアレクサンドラが、呆れて額《ひたい》を押さえる。

「……こうだよ」

サラサラとバルタザールが、本のタイトルと筆者をメモに書き記す。

「買ってきてくれたら、これも一緒に勉強しようか。今すぐに必要になる知識じゃないが、覚えておいて損はない内容のはずだから」

そういって誘えば、「ありがとう、バルタザール！」と抱擁が再開してしまう。

そんなふたりのやりとりを遠巻きにしながら、アレクサンドラ王女は彼らを観察する。

ふうん。自分ができるだけじゃなくて、教え導くこともできるってわけ……。しかも、あの本だったら、ライナルトの方が覚えて役に立つはず……。

チラリ、とアレクサンドラ王女の視線がバルタザールに向く。

——欲しいわね、あの男。

もちろん、男としてではない。三男坊すら養うことのできない貴族出身の男など、アレクサンドラの伴侶には値しない。

欲しいのは部下として、駒としてだ。

話は変わるが、アレクサンドラには、大学に通っていた当時、上にふたりの兄弟と末姫のエミーリアがいた。

当然男子継承が優先。その上、彼女の上に男児がふたりいれば、彼女が女王として立つ見込みは薄い。エミーリアは、よほどの才覚がない限り、どこかに嫁入りさせられるだろう。

——でも、あの兄さまたちってば、冴えないのよね。

言い方をキツくすれば、彼らは王の器ではなかった。冴えないどころか、浪費、遊興に溺れすぎだ。なんでも、ふたり揃って高級娼婦に入れ込んで、その贈り物の額も馬鹿にはならないらしい。彼らが玉座に就けば、遅かれ早かれ国は傾くだろう。

——わたくしの方がよほど王にふさわしいわ。

王に必要な資質。

彼女はそれを、豊富な知識や、難局を切り抜ける知恵や機転を持っているか。国民を魅了するカリスマ性があるか。他国の王族と同等かそれ以上に振る舞えるか。

——そして、ときには非情な冷酷さを血縁者にすら向けられるか。

そういうものだと理解していた。

そして彼女の兄ふたりにはそれはなく、自分にはそれがある。そう自負していた。

大学で学ぶ傍ら、彼女はときには暗部のものを使い、粛々と彼らを排除していった。

上の兄は、高級娼婦と楽しく夜を過ごすそのときの、杯に垂らされた致死量の無味無臭の毒によって。

それを知って恐れた次兄は注意をしていたものの、夫婦で出かける際に、馬車に細工をさせて馬車事故に見せかけて暗殺されてしまった。

――エミーリアは……。

女の政治に長けている。

おとなしい仮面に隠せているると思っていたエミーリアだったが、アレクサンドラは見抜いていた。

最後に残された末姫のエミーリアは、一見おとなしく見える少女だったが、女としての戦い方を心得ていた。それをアレクサンドラは見抜いていた。だから赤の王女の魔の手から免れたのである。おとなしそうで、社交に長けていれば、別の意味で女は政治道具に使える。

どこかに嫁にやっても良いのだ。

一方、「力あるものが王であれ」との信条を持つ彼女の父である国王は、むしろ彼女がしてみせるこれらの細工を楽しげに見ていた節がある。

「あれこそ、王の中の王となろう。私はその頂きに至らなかったが、アレはそれに至るに違いない」

世に膿んで、寵姫と離宮にこもり、すでに国政さえ顧みなくなっていた国王。彼は、その毒牙が、やがては自分に向けられることを知ってさえも、満足げに笑っていたという。腐敗したこの王国をどう変えるのか。それを自らの目で見られないのだけが心残りのようだったが。

そうして、卒業する頃にはアレクサンドラ王女は、女の跡継ぎとして王太女となっていた。

「バルタザール。わたくしの国はまだ私が王太女になってから日が浅いわ。でも、ゆくゆくは、今までの貴族の古い慣習を重んじる王宮ではなく、身分にとらわれない実力主義の王宮に変えたいの。——その筆頭として、わたくしについてきてくれないかしら？」

卒業式のその日、アレクサンドラ王太女は直々にバルタザールを引き抜きにかかった。

「わたくしはあなたが好きよ、バルタザール。もちろん男女の間柄じゃなく、私の手足となって動いてくれる最高の人材として。あなたはそれにふさわしい能力を持っている。……だから、ね？　私についてきてくれない？」

そういって、彼女は手を差し伸べた。

「滅多にできない経験をさせてあげるわ」

バルタザールはしばし逡巡したのちに、彼女の手を取った。

バルタザールは、暗に「赤の王女」の所業は知っていた。血に濡れた玉座に嫌悪を覚えなかったわけではない。けれど、若さ故に、実力主義で出世していける、新しい国の未来の方に強い魅力を感じ得なかったのだ。

そして、現実的な理由もある。

このまま実家に帰っても、バルタザールには家の三男という立場ゆえに、ただ飯ぐらいの厄介者でしかない。

アレクサンドラ王太女の申し出は、バルタザールにとっても都合が良かったのだ。

彼女が大学を卒業して国に戻ってすぐに、彼女の側に置かれるようになった。その業績はめざましく、彼の采配に異議を申し立てることができるものはいなかった。

やがて国王は原因不明の病で命を落とす。そして、アレクサンドラは王太女ではなく、女王となった。

国王崩御のあと程なくして、王の代わりに好き勝手していた元宰相も変死する。そこに、バルタザールが宰相に任命された。女王が後ろ盾の彼に異論を上げられるものなど、もうすでにいなかった。

そうして、女王派のものたちは、元国王のもとで不正を働き、懐を暖めていた貴族をともに粛清した。その後釜には、誠実に職務にあたっていたものを身分を問わず抜擢していった。

女王アレクサンドラは、若くしてそれを為しえたのである。

◆

「さて。我が家に泥を塗ってくれた王太子に対して、我々はどうすべきか……。なんなら私もアンヌと一緒にこの国から逃げてしまいたいよ」

思案するお父さまの顔はむしろ楽しげだ。たとえていえば、蟻の列を踏む子供のような顔。

「え？　だったらそうすればよろしいんじゃなくて？　だって、我が家の大事なアンヌをいらないといったのよねえ？　だったら家族揃ってみーんないなくなってしまいましょうよ。私も、この国以外の国を見てみたいわ。だって、私、籠の中の鳥だったじゃない」

良い案を思いついたとでもいうように、家の中の私の荷物を片付けながら、お母さままで楽しそうにニコニコとしながら提案する。

実際、兄達を亡くしたあとのお母さまの居場所は心地が良いものではなかったらしい。親の後ろ盾もなく、両の兄と父である前国王が亡くなってからはアレクサンドラ女王陛下の顔色をうかがって、したたかに生き延びてゆく日々。

お父さまとの婚約が決まったときには、やっと城から出られると大喜びしたと、以前いっていた。

「私はともかく、君は良いのかい？　君は王家と血縁のある家の出だ。私たちが離縁しても、君はなに不自由なく王族としての身分を保障されると思うが……」

お父さまがお母さまのことを心配そうにする。なにせ、彼女こそ、お父さまをこの国に縛りつけておくべくアレクサンドラ女王が娶せた女《ひと》なのだから。

「そうねえ……」

思案げにするお母さまはニコニコ笑っていて、むしろこの状況を楽しんでいそうだ。

「あなた、私を見くびらないで欲しいわ。私は、アレクサンドラが牛耳っているこの国よりも、今の家族がとても大事なの。バルタザール、あなたは私の唯一無二の伴侶。そして、あなたとの間にもうけることができた、可愛い子供たち……アンネリーゼも、エルマーもアルマも私の大事な宝物よ」

お母さまが私と弟妹たちを引き寄せて、三人まとめてふわりと抱きしめた。

そして、その抱擁を解くと、茶目っ気のある笑顔でこういった。

「私、あなたと出会わせてくれたアレクサンドラには感謝してる。それまで腐っていた政治を是正したのも評価する。でもね。……私、私の大事なお父さま、お兄さまたち……家族を壊したアレクサンドラが嫌いだから」

そういって、大きな笑みを浮かべるのだった。私たち家族は目が点になってしまう。

「……さて、おふざけはほどほどにして。ねえあなた？」

「なんだい？」

「私たち家族全員、この国を出てしまったら、アレクサンドラの怒りはどこに向くかしら？」

赤い唇の口角を上げてお母さまが微笑んだ。

お母さまは、姉妹であるという近さから、時々女王陛下のことを敬称をつけないでファーストネームのみで呼ぶ。

話を戻して、女王アレクサンドラの今後の動向について、お母さまが話を続ける。

「あの人は、バルタザールを気に入って、宰相として自分の右腕として重用し、私を娶せることでこの国に縛り付けた。そしてさらに、アンヌ。あなたのことを、その才能を目のあたりにして、『バーデンの青い宝石』と称した。そんな彼女は、バルタザールだけでは足りずに、その娘であるあなたを王妃として血縁に入れたがっていた。いえ、もしかしたら王の補佐の意味を兼ねてあなたを次代に欲しかったのかもしれない。……そんな家族全員が、彼女がいない隙にみんな一斉にいなくなる……」

　お母さまは、その未来を想像しているのだろうか。口もとを袖で隠しながら楽しそうにクスクスと笑う。

「さらに、頼りの綱、あなたへ付けた首輪のはずだった私もいない。そう、鳥籠の扉は開いたのよ！」

　お母さまはいたずらを思いついた子供のようにクスクスと笑う。

「私、あのアレクサンドラが悔しがるさまを見てみたいわ！」

「あの女王だ。王太子はただでは済まないだろうな！」

「ええ、そうでしょうね。でも、私たちの大事なアンヌを傷つけたんだもの。ただで済んでもらっては困りますわ！」

　お母さまがにっこりと笑った。女王は身内にも厳しい。お母さまたちの願いどおり、王太子殿下はおそらくただでは済まないだろう。

お父さまとお母さまの意見が合うと、次にお父さまの視線が私たち子供に向かう。

「あとは、子供たちの意思だけか。アンヌ、お前はこの国を出ても構わないかい？」

「はい、もちろんです。正直いって、私はあの茶番劇に傷つけられました。そんな人が将来治めるかもしれない国になどいたくありません。それと……私というものがありながら他の女性を妊娠させるような方、ごめんです」

意図的に恋するように努めていたとはいえ、私の恋心はズタズタにされたのだから。

さらに、妊娠の事実が嫌悪感を抱かせる。

お父さまの問いに、私はきっぱりと回答した。

「そういえばアンヌは追放すると宣言されたのだったっけ。まぁ、アンヌもすでに十八歳。こんな醜聞をおおっぴらにされては、この国にいても次の嫁入り先に良いものは望めまい。他を探すのも良いだろう。あとは、エルマーとアルマだが……」

幼い子にその選択を迫るのに気を咎められているのだろうか。気遣うような目でまだ三歳の双子たちを見る。

「ボクはかぞく、いっしょならどこでもいいよ！」

「あたちも～！」

ニコニコと揃って挙手をして、笑顔で返事をする。

その言葉に、お父さまが安堵の息を漏らす。そして、双子たちの小さな頭を、大きな手で愛しげに撫《な》でた。

「じゃあ、家族でこの国を出ようか」

「あてはあるのかしら？」

「大学では、当時のアレクサンドラ王女を抜いて、常に学年一位をキープし、最後に首席で卒業した私だぞ？　それに、この国で最下部の文官から身を興し、宰相にまでなったんだ。再就職に際して、能力は問題ないだろう？」

「そうね。そんなあなただから、私はあなたとの婚約を受けたんだもの」

お父さまを見るお母さまの目は、若かりし日のお父さまでも思い出しているのだろうか。うっとりとして笑みを浮かべている。

「あとはそうだな……実家に帰る、というのは三男という日陰者の立場からすると、厄介者扱いされそうだから……。大学のときの友人にでも声をかけて、なにか仕事がないか聞いて回るか」

私の婚約破棄事件から始まったというのに、なんだか、お父さまとお母さまの間でトントン拍子に話が進んでいく。

「じゃあ、私はタウンハウスと城に与えられた部屋からの引っ越しの準備を使用人たちに命じておくわ。領地もない役職貴族だったのが幸いね。このタウンハウスにあるものをまとめるだけだから、領地に城を持ってるような貴族に比べたら、早くできるでしょう」

「女王が戻ってくるのは、祭事が終わる十日後だな。それまで、家のことは頼んだよ、エミーリア」

お父さまが、お母さまの頬に軽くキスをする。

「私を誰だと思って？　有能な宰相バルタザールの妻をやってきたわたくしですのよ？　それくらい簡単にやって見せますわ」

芝居がかった口調で楽しそうにお母さまが答えると、背伸びをしてお父さまの頬にキスを返した。

「どんなところでもたくましく生きていけるあなた。そんなあなたを頼もしく愛おしく思うわ」

「それに付いてきてくれる君を大切に思うよ」

お父さまはお母さまに、軽く啄《ついば》むキスを返した。

そのあと、お母さまは私たち子供の方に向き直る。

「あなたたちも、自分の荷物を中心に、まとめるのを手伝ってちょうだいね？　我が家の一大事なんだから」

「はい！」

「「あいっ！」」

私の返事に舌っ足らずな声が重なる。

――王太子殿下には酷い目にあわされたけれど、私にはこんなに温かい家族がいる。

そのことに安堵して、口もとに笑みを浮かべて私は胸を押さえるのだった。

家族との話を終えて私が部屋に戻ると、さっそく家の使用人たちに指示が回っているのか、私付きの侍女のマリアが部屋に控えていた。

「あなたは確か、この国の男爵家の娘だったわよね……」

幼い頃から私の面倒を見てくれた年上の侍女だ。私は彼女を姉のように思ってきた。だから、ついてきて欲しいとは思うものの、すでに良い縁談でもあってもおかしくはない。転居先についてきてくれるだろうか？

「ねえマリア。あなたは私たちの転居の話を聞いたのよね？」

「はい、侍女頭から聞いております。もちろん、内密にといわれておりますので、外に漏らしたりしてはおりません」

「それはあなたのことだもの。信用しているわ。それで、あなたはどうするつもり？　最終的には、やはりこの国に残るのかしら？　実家はこの国の男爵家なんだもの、縁談のひとつやふたつくらい……」

そう言いかけると、すぐにマリアは首を横に振った。

「私の父は、私が他の姉妹と比べて容姿が劣っているといって、まともな縁談を持ってきてはくれませんでした。父親よりも年上の男性の後添えになる話やら、お金だけはある商家との縁談やら……」

「……そうだったの……」

そんな話は知らなかったので、我が家で積極的に縁談を勧めることもしてやれないでいたことを、私は悔やんだ。

実際、どうして「容姿が劣っている」などといわれるのか、不思議なくらいには、マリアは容姿が整っている。いわゆる、クールビューティーというやつだ。

黒色の髪と瞳は派手さはないかもしれないけれど、肌は陶器のように白く透明感があり、アーモンドのようなくっきりとした形と、少し眦《まなじり》が上がった目元は、彼女の聡明さを物語るかのようだった。

あらためて彼女を見れば見るほど、二十歳を過ぎているはずの彼女がまだ婚約話もなく未婚ということが不思議でならなかった。

「なので、もしよろしければ、転居先でも私をアンネリーゼさまのお側で使ってください」

「多分、いくら実績のあるお父さまとはいっても、転居先に移ったら最初からあまり高い爵位ではないと思うの。そうすると、あなたのおうちとの爵位のバランスが崩れるけれど……」

「……お嬢さま、もうそれ以上おっしゃらないで」

そういうと、マリアは私の唇を人差し指で止める。

「私はどこまでもついて行きますと言いました。ただ、それだけです」

そう言ってくれたマリアの両手を取って、感極まった私はぎゅっと握りしめる。

「ありがとう、マリア。じゃあ、お言葉に甘えて転居先でもよろしくね。それと、転居先で落ち着いたら、あなたの縁談のことも我が家できちんと考えるわ」

「まあそれはおいおい……。お嬢さまを素敵な殿方のもとに送り出してから考えますわ」

私たちは手を繋いだまま微笑み合う。

「あ、そうそう。お嬢さま、ご相談したいことがあったのですが……」

「どうしたの？」

「王城で姫様に与えられた部屋にある、王太子殿下からの贈り物はどうしましょう？」

「ああ、それね……」

ちょっと面倒くさいなあと、私は知らないうちにため息をつく。

サラサが現れる一年前までは、私と王太子殿下の仲も、いわゆる一般的な婚約者同士という程度には良好な間柄だった。だから、彼から誕生日の祝いやら、王太子殿下に同伴してパーティーに赴《おもむ》くときのドレスや宝石など、それなりに贈り物がたまっていた。

そして、婚約していた当時はそれらの品を見る度、心が躍ったものだった。

そんな年月をともに過ごしていたから、正直あの婚約破棄にはとても心が傷ついた。けれど、私には温かい家族がいて、私に寄り添ってくれるということを知ったし、マリアも私とともについてきてくれる。

だから、もう私の心の傷はほとんど癒えていた。

そして、王太子殿下に対しても強気に出られるまでにはモチベーションが上がっていた。

「あなたからいただいたものは、一切いりません！って叩き返してやりたいところなんだけど……」

「そうすると、引っ越しの準備をしていることを勘ぐられたりはしないでしょうか？」

「うーん。確かに追放するとかいわれたけど、家族全員とはいわれてないのよね。でも、女王陛下ご不在の今のうちなら、新しい婚約者と脳みそがお花畑な王太子殿下だけだし、大丈夫だと思うのだけれど……」

私が「お花畑」というと、マリアがクスクスと笑い出す。

「じゃあ、そのまま置いていきましょうか。女王陛下と王太子殿下とお手紙は添えられますよね？」

マリアが私に問う。

「ええ、もちろん！　こんなものはいりません、って、お手紙を添えるわ！」

手紙を書こうと文机に向かおうとした私は、ふと思いついて足を止めた。

「あ、そうそう。ひとつとんでもないものがあるのよ～！」

そういって私は宝石のしまわれている戸棚の、さらに二重底になっている場所から、ダイアモンドのみで作られた揃いのネックレスとイヤリングを取り出した。それらは、部屋の明かりを受けて、燦然と輝いていた。

「まあ！　なんて素晴らしいんでしょう。こんな品、ございましたっけ？」

マリアが首を傾げた。

「うん、これは王太子殿下からではなく、未来の王太子妃にといって、女王陛下から直々にいただいたものなのよ。なんでも、代々の王太女や王太子妃に受け継がれて、彼女たちがしかるべきときに身につけてきた逸品なのだそうよ」

「……確かにこれは、私といえど、保管場所を知っていて良いものではありませんね。殿下からの贈り物とは重さが違いすぎます」

「そうなのよ。だから、秘密にしていたことは許して欲しいの」

「……大丈夫ですよ」

マリアが、私の両手を包み込んで優しく微笑んでくれた。

そうして、私はマリアの手を借りて、新しい転居先に持っていくもの、置いていくもの、と荷物を整理したのだった。

幕間① 愚者の悦楽

アンネリーゼを王宮から追いだしたあと、サラサは満足げに、未来の王太子妃のための部屋、かつてアンネリーゼが寝起きしていた部屋を眺めていた。

——この部屋が私の部屋になるのね。

壁紙や絨毯、カーテンもモスグリーンだなんて地味な色合いだから、全部可愛らしいピンクに変えてもらおうかしら。ベッドの寝具も、シルクのピンクの生地なんかが、私には似合うわよね？

そうして、部屋を見回していると、クローゼットが目に入った。

「ここには、これから殿下に贈ってもらう、ドレスや宝石なんかがぎっしり入るのよね……！」

だって、私は「聖女のための協奏曲《コンツェルト》」の愛されヒロインだもの！

「聖女のための協奏曲《コンツェルト》」、それはサラサがいた世界で女性のゲームユーザーに大人気だったタイトルだった。

サラサはワクワクしながら、クローゼットの扉を開く。すると、すでに色とりどりのドレスが吊り下げられ、さらに、たくさんの宝石箱らしきものが納められていたのだ。

「きゃあ！　これって殿下からのサプライズ!?」

吊り下げられたうちの一着を取り出して、サラサは自分の身体に当ててみる。

「……ちょっとなにこれ。これじゃあ、私のウエストじゃあ入らないじゃない」

お腹に子供がいるとはいえ、まだそうとは分からない状態のサラサ。それでもウエストが明らかに合わないことに、彼女は怒りに顔をゆがめた。

そうしてみてみると、ドレスと一緒に、下着として身につけるコルセットが吊り下げられているのを発見した。

「はぁあ⁉　なにこれ。こんな細く絞るなんて無理よ！」

それらのドレスは、貴族令嬢として生まれ育ち、幼少期からコルセットを身につけ、くびれた細いウエストを作るのが常識だった令嬢——アンネリーゼのお古だった。サラサに部屋を与えるにあたって、女王が帰ってくる十日後までに、ドレス類まで新しく大量に新調するのは無理だ。

そのため、アンネリーゼから送り返されてきたドレスや宝石を、サラサのためにとクローゼットに収めたのがそれらだったのだ。

だが、コルセットなどなしに自然に育ったサラサには、いまさらそんなサイズダウンは無茶な話だった。

——男女の関係まで持った間柄なんだから、それくらい気を利かせなさいよ！

「ふざけないでよ！　この国の女性のウエストのサイズってどうなっているのよ！　全

く……！　あ。子供に悪影響があるからって、侍女たちに言って、針子たちに全部サイズを調整させてしまいましょう」

そう言いながら、自らにあてがわれたドレスを乱暴にクローゼットの中に戻す。

サラサは、気を取り直そうと、宝石かなにかが入っていそうな、色とりどりの重厚そうな箱に手をつける。

「まあ！　なんて綺麗《きれい》なの！」

しかしそれらも、かつてアンネリーゼに贈られた宝石類だった。さすがに、女性を飾るための宝石類を十日のうちにいくつも用意するほど、王太子に資金はなかった。だから、ドレス同様、王太子がアンネリーゼから突き返されたものをそのまま収めたのだった。

エメラルドやサファイア、ルビーにダイアモンド。蓋を開けると、色とりどりの宝石たちが姿を現した。特にエメラルドが多いのは、王太子の瞳の色に合わせてのものだろうと、サラサは推測する。

さっきまでのサラサの怒りが収まっていく。

「もう、こんなに王太子殿下の瞳の色と同じグリーンの宝石がいっぱいだなんて……。今からこんなに独占欲丸出しなんて、私困っちゃうわ～！」

悦に入るサラサ。それらは全てお下がりなのだが、当人は知るよしもない。

宝石を全て確認し終えたサラサは、一番大粒のエメラルドが中央に飾られたネックレスと、揃いのイヤリングを身につける。そして姿見にそれを身につけた自分の姿を映し出して悦に入る。

それが済むと、再び部屋を物色しはじめた。すると、小難しそうな文字が背表紙に綴られた本がぎっしりと詰まった本棚が目についた。

「これは邪魔ね」

粗雑に背表紙の上部に指を引っかけて、バサバサと貴重な本を床に落としていく。

「どうせなら、ここには綺麗な宝石箱や、ぬいぐるみを飾りたいわ」

足下に散らばった本を興味なさげに一瞥する。

「せっかく『聖女のための協奏曲《コンツェルト》』の世界に来れたんだもの！　推しの王太子は私にメロメロだし、騎士団長の息子に、私を養女にしてくれた家のお義兄《にい》さま、神官長の息子、学園の教師も、ゲームのハーレムルートどおり、みーんな私の虜。でも私は王太子殿下を選ぶの。なんて罪深い女……っ！」

ぼふっとベッドの上にうつ伏せに飛び込んで、枕を抱えてごろごろと身もだえる。

「悪役令嬢のアンネリーゼはどうなるのかしら？　ゲームでは国の大事な聖女である私を虐げた罪で、ひとり、国外追放になるのよね……あ〜かわいそ！」

可哀想と言いながら、抱きしめた枕にとびきりの笑顔を押しつける。

あのゲームのハーレムルートの結末では、ひとり国外追放にされたアンネリーゼは、自棄になって禁呪を使い、私たちに復讐しようとする。それを、私を愛した攻略対象の全キャラクターたちと私自身の手で倒すのだ。

なんだか、想像と違って、本人はなかなか私を虐めに来なかったから、一部自作自演をするハメになったけど。おまけに、断罪の場に彼女の父親が怒りを露わに現れて娘を連れ帰った様子だったのも想定外だったけれど、結局家の恥となる娘を放逐するに違いない。

——きっと、ハーレムルートのエンディングどおりになる。

だって、ここはゲームの世界なんだもの。ゲームと同じ結末になるのがふさわしい。

ゲームの中ではヒロインがハッピーエンドを迎えて終わりだ。そして、サラサは自分が「聖女のための協奏曲《コンツェルト》」の世界のヒロインと同じ立場で異世界転移してきた。

稀な「招かれ人」として、聖女とあがめられ、すぐに貴族の養女に迎えられた。光魔法の才能があることも分かり、教会も私の後ろ盾となった。

そして、狭い学園の中では、ただただ彼女の思惑どおりことは進んだのだった。

「前の世界のパパもママも大っ嫌い！　ゲームばかりしていないで手伝いなさいとか、私の顔を見れば『勉強しなさい』ってそればっかり！　でも、私はこのキラキラなゲームの世界で愛されヒロインとして生きるのよ！」

王太子殿下は、女王陛下が戻ってきたらふたりの仲を報告するといっていた。

「これで邪魔者は消える！　ハッピーエンドよ！」

けれど、彼女は気付いてはいなかった。

この世界はゲームではなく、生きた人間が生活する世界であること。

ゲームの中では語られなかった人々の思惑があること。

ハッピーエンドの先にも人生は続くということ。

そして、一番の想定外なこと——実は彼女サラサが異世界転移者であるのに対して、アンネリーゼが異世界転生者でもあったことを。

第三章　一家で大移動！

引っ越しの当日がくるまではあっという間だった。

アレクサンドラ女王陛下にバレないように、期限は十日程度だったこともあって、移動日を含めたその十日間は嵐のような日々だった。ただし幸いに恵まれまくった。女王陛下と王配殿下がお帰りになるのにお祭り騒ぎで、女王陛下を一目見ようと野次馬馬車も多く、むしろ国を出るのに目立たず、都合が良いくらいだった。伯爵という、ちょうど真ん中くらいの地位にいるおかげで、ほどほどに王都の扉につくことができた。

「タウンハウス内の重要な荷物と、小物の貴重品だけ。なんとか荷物もまとまってよかったわ～」

移動中の馬車の中で、お母さまが安堵の声を漏らす。家族全員一緒に乗れるようにと、大型の馬車を手配していた。

続く馬車にも、私たちについていくと言ってくれた使用人たちが乗っている。

そうして、王都を出て、何日か掛けてようやく国外に出て、デラスランド公国に入った。こちらの国に入るための跳ね橋を渡ってしまえば、もう安全だ。

弟妹は、最初こそ窓から見える水辺の景色にキャッキャとはしゃいでいたが、長旅に飽きたのか、お母さまとお父さまの膝の上を枕にしてすやすやと眠ってしまっている。

「役職貴族で、住まいがタウンハウスのみとはいえ、重要な役職である宰相をしていたお父さまですもの。贈り物やらなにやらで、高価なものもそれなりにたまっていましたものね」

あまり、賄賂に近しいものを好まないお父さまではあったが、それでも社交の結果、それなりに贈り物を贈られることは多々あった。

それにしても大がかりな引っ越しだけに、警備の兵士に見とがめられないかとも思ったけれど、「娘の婚約破棄の結果、王太子殿下から一家で国外追放を命じられてね」などとお父さまが答えれば、易々と王都の門をくぐらせてくれた。王太子殿下の婚約破棄劇だ。その噂《うわさ》があっという間に王都内に広がったとはいえ、警備もゆるゆるとは、いまさらだが頭の痛い国である。

私はともかく、国の宰相が国外追放になるなど、おかしいとは思わないのだろうか。

――うん、思わないんだろうなぁ。

女王陛下がいらっしゃらないだけで、これだけ国政がおろそかになるなんて、先が思いやられる国だと、私は心の中でため息をついた。

「それにしても、よく十日で新しい家まで見つけられましたね、お父さま」

私は未来へと思考を切り替えて、お父さまに話を振った。

「うん、大学の頃に面倒を見ていた男がいてね。彼が今向かっているデラスランド公国の将軍をしているんだ。それで、彼がそこの公主さまに、私の受け入れを打診してくれたんだよ。公主さまは快く受け入れてくださってね。我々を受け入れるのにあたって、家やら仕事やらを早々に手配してくださったんだ」

私はそれを聞いて目をぱちくりとさせる。

お父さまがこの大陸随一の学校、デラスランド公立大学出身なのは聞いていた。だから、そこを首席で卒業したお父さまが、元バウムガルデン王国の役人として抜擢され、さらに宰相にまで上り詰めたことも。

そう考えれば、デラスランド公立大学での知己を頼るということは、ひとかどの人物ばかりだということに、いまさらながらに気付かされた。お父さまが、他国の将軍と友人だったとしても、なんら不思議なことではないのだ。

「他国の将軍閣下がお友達って、お父さまって凄いんですね」

私は素直に感嘆する。

すると、お父さまは不思議そうに首を傾げて私を見る。

「そういうアンヌだって、女王陛下から、『バーデンの青い宝石』なんて呼称を賜るほどなのに？」

「それは、お父さまとお母さまの血を受け継いだおかげでは？」

宰相に上り詰めたお父さまに注目が行きがちだが、お母さまも、婚前は王女という身分の高さだけではなく、その美しさと才女ぶりを褒めたたえられてきた人だった。

そんなふたりの間に生まれてきた私なら、才気煥発であってもなんら不思議はない……とごまかしたのだけれど。

——実はそれだけではなかった。

私には、もうひとつの人生を送った記憶がある。前世の記憶とでもいうのだろうか。だが、不思議なことにその記憶に残る世界は、今生きる世界とはまるで違った。

馬が引かなくてもいい鉄の馬車が道を走り、空を鉄の乗り物が飛ぶ。女性たちは身分を問わずに美しく装い、男性のエスコートなしに自由にあちこちに出かけていく。身分を問わないといえば、子供たちは幼い頃から子供向けの本を読み、やがて平等に学舎に通っていく……。

そんな世界で、私は日々の仕事に追われるアラフォー女子として生きていた。土日の休みになればお菓子を作って楽しんだり、本を貪り読んだり、自分オリジナルの物語を創作したり。

そんな他愛ない生活でも楽しく生きていたある日、突発性の難病に冒されていることが発覚した。身体は日に日に弱っていき、そして、あっけなくあの世界をあとにしたのだ。

その記憶を思い出したのは、こちらの世界で四歳の頃に高熱を出したときのことだった。

あまりゲームをする方ではなかったけれど、小説やマンガの異世界転生ものは嗜んでいたから、私自身がその立場に立ったことには驚いたけれど、そう動揺しなかった気がする。

前世での記憶が戻ると、前の世界で学んだ知識が一気によみがえってきた。

その結果、算術の教師は「お嬢さまは全てを理解されている。私にはなにも教えることはない」と職を辞した。なにせ、前の世界と同じ十進法で計算すれば良かったので、ほとんど学ぶことがなかったのだ。しかも、なぜか前の世界と同じ0、1、2……っていうあれ、アラビア数字で構成されているときている。偶然にしては出来すぎである。

ちなみに語学は、バウムガルデン語が、使う単語が違うだけで、英語と同じ構文で構成されていることをすぐに理解した。周辺の諸外国の言葉も、構文は同じで単語が違うだけだったので、置き換えるべき言葉を覚えるだけで済む。だから、語学の家庭教師も、教えることを教えると、通常よりも早く教え終わってしまった。私が学ぶ必要があったのは、単語と、発音の部分だけだったからだ。そうして暇になった私はこっそりお父さまの部屋にある本を抜き取り、他国語を学びはじめた。私は教師に、他国語も話したいとねだった。教育熱心な教師は、諸手を挙げて私の外国語教育に取り組んだ。

子供の頭に大人の思考が混ざったことで、なにを学ぶにしても易々とやってのけた。多分、前世の記憶や知識があったから、なんとかなったのかもしれない。

そうしてあるとき、私も含めて王家主催のパーティーへの招待状を賜った。そのため、そのパーティーに私は両親に連れて行かれた。六歳になるかならないかという頃だ。

そんな私は、王妹と宰相の娘ということもあってか、女王陛下に直々にご挨拶をする栄誉を賜った。それが女王陛下と初めての対面だった。

私は女性の挨拶の作法であるカーテシーをし、丁寧に女王陛下に向かって挨拶をした。

「バルタザール・バーデンの娘、アンネリーゼと申します」

「ほう。エミーリアと宰相の娘が賢いという噂が耳に入ってきていたが、こうも優雅にカーテシーをしてみせるとは」

女王陛下は満足げに扇子で隠した裏で笑っていた。だが、礼儀作法のことだけを確かめたくて、私を含めて呼んだわけではなかった。

「のう、アンネリーゼ」

「はい、陛下」

『今日のパーティーの意味を知っているか?』

『はい。デラスランド公国の公主ご一家がいらしているので、その親睦のためのものと聞いております』

女王陛下からの問いかけがデラスランド語だったので、私も同じくその言葉で返した。

「これは素晴らしいぞ、バルタザール! そなたの娘はこの年でデラスランド語を大人並みに使いこなしている!」

「な、なんと……」

お父さまは、私が聡いことは把握していたが、他国語を流暢に話せることは初耳だったようでうろたえていた。

私はお父さまの部屋から一冊ずつ本を抜き取っては、歴史や語学に関する本をむさぼっていた。さらに、自国を含めた近隣諸国の家名と家紋。そんなものまで暗記していたのだ。

そして、ひとりでは学ぶことが難しい発音の部分は、お父さまがつけてくれた家庭教師に学んでいた。家庭教師は学習熱心な生徒に熱心に教育を施してくれた。

だからだろうか、女王陛下からの問いかけに、難なく答えることができた。

女王陛下は満足げに褒めちぎってくださった。家庭教師とて貴族。貴族間で噂が密かに伝わり、やがては女王の耳にも届いていたのだろう。

だからだろうか。

「ちょうど良い。うちの息子どもではデラスランド語を話せるものなどいなくてな。デラスランド公国の公子が手持ち無沙汰で退屈そうにしておられて困っていたんだよ。なあ、アンネリーゼ、我が国の宝『バーデンの青い宝石』よ。公子の話し相手になってやってもらえないかな？」

「……ええと……」

そのときの私は、どうしたものかと思って、お父さまを見上げた。女王陛下の命令は絶対だ。

私は突然『バーデンの青い宝石』などという呼称を賜って困惑する。その上、他国の公子のお相手を務めるなんて大役、簡単に受けても良いものなのだろうか。もし万が一私が失礼なことをすれば、国際問題になりかねないと思ったのだ。

「のう、我がために働いてはくれないか？」

女王陛下がさらに押してきた。

すると、お父さまは「そうするように」というように頷いて見せた。お父さまは苦々しい顔をしていた。多分、女王陛下の命令ということもあって、リスクを承知で受けざるを得ないと判断したのだろう。

そうして、私は六歳の身でありながら、公子殿下の話し相手をすることになったのだ。

公子殿下は私よりも年上で、機知に富んだ少年だった。お相手する私自身、そのうち公子殿下と一緒にパーティーを楽しんでしまったほど。

『そうだ！　この城の庭園の中央に、真っ赤なバラの園があるのです。「赤の女王」の名にちなんで。そこを見に行くのはどうでしょうか？』

『良いね。それは素晴らしい。さあ、行こう』

懐かしい思い出が溢れてくる。

のちに風の噂で聞いた話によると、公子殿下はお父さまを早くに亡くされて、若くして公主になられているのだという。

ふっとそんなことを思い出していると、馬車の窓から、大きな湖の真ん中にある島と、その島の中央にそびえ立つ立派なお城が見えてきた。

あれが、あのときの少年が治めるデラスランド公国だ。

「わあ、綺麗！」

日の光を受けて、キラキラと輝く湖と、その光に照らされる白亜の城。その光景に私は感嘆の声を漏らした。デラスランド公国の領土は、湖に浮かぶその土地のみと聞いているから、小国といってもいいだろう。

「おねえたま、なぁに～」

「きれいって、なにがぁ～？」

眠りこけていた双子たちが、目を擦りながらむくりと起き出す。

私は車窓からの景色が見やすいように、エルマーを膝の上に座らせる。そして、アルマはお父さまが膝上に載せた。

うっ。肌はすべすべ、ぷにぷにと柔らかい。

天使ってこういう子たちをいうのかしら。かわいーい！

こんな可愛い子たちを間近で見られなかったなんて、今までの妃教育で奪われていた日々を恨めしく思う。

そんな私の思いを知らない双子たちは、ようやく背の高さが合った車窓の枠にしがみついて、外の景色を凝視する。

「わあぁ！　おみずが、キラキラしてるねぇ～。まるで、ほうせき、みたい」

妹のアルマが、瞳を輝かせる。

「わぁ、おしろには、たかいとうがあるよ。りっぱな、おしろだねえ！」

弟のエルマーは、白亜の城の外観に夢中な様子。

外見はそっくりな双子とはいっても、さすがに性別が違うせいか、惹かれるものは違うみたいだ。

そんなふたりを、お母さまが微笑ましそうに見守っていた。

そうして、美しい車窓の景色は、目的地に到着するまで幼い双子たちのものとなった。私は、彼らの背の隙間から見えるわずかな景色を楽しんだ。

ところが途中、アルマの背中の横から見えた景色に、ふと、見慣れぬ光景が目に入った。それは、ちょうど公国の領都に馬車が入ってしばらくしたときのことだ。

「人が、並んでいる？　並んでいる人たちは、随分と粗末な服を着ているのね……」

粗末、などといっては失礼かもしれないが、破れた箇所を繕うでもなく、薄汚れた服を身に纏った人々ばかりが列をなしていたのだ。

「ああ、あれはね……」

お父さまが私の問いに答えてくれた。

「あの人々が並んでいる先に、教会があるんだ。そこで、毎日貧しい人々に配給をしているんだ。だから多分、その列だろうね」

領都に入ってすぐは、領都の貧困区にあたるらしい。そして、城に近くなるにつれて裕福な人々が家を持つ。どこの国でも、街というものはそういう構成になっているらしい。

「なにかしてあげられることはないかしら……」

私は、自分が身につけているものの中で、一番高価なもの——十八歳の成人を迎える日のお誕生日に両親からいただいた髪飾りに手で触れた。

「それでいつまで、何人を救えるか、よく考えなさい。いっときの救済ほど、残酷なものはないよ」

私は、お父さまに珍しくきつく咎められた。

「あの教会の人々のように、継続して彼らに手を差し伸べてやらないと意味がないんだ」

私はそう諭されて、私の髪飾りに触れていた手をもとの位置に戻して、両手を膝に載せているエルマーを抱きしめた。

「……今の私に出来ることはないんですね」

「それは、今後の君次第だ」

その言葉に私が顔を上げると、お父さまが私を見て微笑んでいた。

「この光景をなんとかしたいというのなら、まずは、この光景を脳裏に焼きつけておくことだ。そして、何者かになれたとき、真の意味での救済を施せばいい」

「女の身で、できるでしょうか」

「女だからなどと、自ら枷を嵌めることはない。君のその優秀な頭脳をもって、これから考えればいいよ」

「……そう、ですね」

そんな会話を交わしたあとに続く沈黙。そんな私たちの雰囲気を壊すように、明るい幼い声が車内に響く。

「ねえねえ、おねえたま！　おしろが、ちかくなってきたわよ！」

アルマが瞳を輝かせながら、指さすその先を見てみれば、建物の合間から白亜の城がほど近くに見えるのだった。

「随分と領都の中央に近い、良い立地に住まうんですね……？」

この馬車は、私たちの新居に向かっている。とすれば、王宮に近い、高位貴族が住まう場所に、新しい住居があるということなのだろう。そう推測できた。

「先方の話ではね、良い物件がそういう場所にしかなかったというんだよ。まあ、私も文官として雇ってもらえることに決まっているし、城に近いところから通う方が楽で助かるよ。ああそうだ。ここでは男爵位を賜ることになっているから、そのつもりでね」

お父さまは先ほどとは打って変わって、穏やかな表情と口調で答える。

「確か、将軍閣下のお宅と近いんでしたっけ？　手紙のやりとりばかりだった奥様とお会いできるのは楽しみだわぁ。お茶会がしたいわねえ」

お母さまが楽しそうにお父さまに問いかける。「お友達と、お茶会がしたいわぁ」などと、のんきそうに語る様子とは裏腹に、お母さまは人付き合いに関してはしたたかだ。

王家に生まれた彼女は生粋の貴族女性だ。もてなす客を飽きさせない話術もたくみである。さらに、その立場の所作を自然と身につけていた。そんな彼女の女友達繋がりの人脈が、お父さまの仕事を助けることも多かった。

きっと新しい地に住まうことになっても、そのうちお母さまはその力をお父さまのために発揮するのだろう。

「将軍……大学のときの友人で、ライナルト・ブラデンブルグというんだけれど、彼は子供に恵まれていなくてね。奥方のテレジア殿が、エミーリアだけでなく、うちの子供たちともぜひ会いたいと望んでいらしたよ」

「まあ、じゃあお茶にお誘いするなら、子供たちにも同席してもらった方が良いわね」

楽しそうにするお母さまを横目にしながら、私は不思議に思った。お父さまと大学で同期だったのなら、年も近いに違いない。その年で跡継ぎに恵まれていないのなら、次の奥様を迎えるとかするのが普通だ。でも、お父さまの話にそんな人物は出てこなかった。

「お父さま。ブラデンブルグ卿は、お子様に恵まれていないのに、次の奥様をお迎えしないのですか？」

他家の事情に首を突っ込むのは野暮というものかもしれないとは思ったけれど、そのときは興味の方が先にたったのだ。

「ライナルトは愛妻家でね。家同士の決め事で一緒になったとはいえ、今では奥方殿に首ったけなんだ。だから、子供がいないからといって次の妻を迎えるつもりはないというんだよ。いざとなったら親戚の男子を養子にして跡目を継がせればいいと言っていたな」

「奥様想いの方なんですね」

「ああ、そうなんだ」

私は、その話だけでも、ブラデンブルグ卿に好感を持った。

「まあ素敵！　その辺りのお話も是非お聞きしたいわぁ。やっぱり美味しいお茶とお菓子に、恋愛話は必須よねぇ」

お母さまもおふたりの人柄に、さらに興味を持ったらしい。どこの産地の茶葉を用意させようか、添えるお菓子はどうしようかなどとひとりで色々夢想しだした。

「ボクたちも、おかしをたべたいよう〜」

「わたしもぉ」

「じゃあ、こちらの言葉、デラスランド語のご挨拶から練習しましょうね」

「「はぁい！」」

アンネリーゼ含む大人たち三人はデラスランド語に問題はない。

というわけで、長い道中、馬車の中では幼児向けのデラスランド語教室が繰り広げられたのだった。

◆

「随分と待ち遠しそうですな」

　窓から外を眺めて立っているデラスランド公主アルベルトは、そう指摘されて口もとが緩んでいたのに気がついた。眺めている方角は、デラスランド公国からバウムガルデンへと続く街道がある方向だ。指摘されたアルベルトは、緩んだ口もとを隠そうと手で覆う。

　そして指摘したのはこの国の将軍、ライナルト・ブラデンブルグだ。強面の顔の作りと、鍛え上げられたたくましく大きな身体、数々の武勲により、諸外国からは「デラスランドの鬼神」などといわれて恐れられているが、実は愛妻家で気さくな性格の持ち主だった。

「この国に、あの・バーデン卿が移ってくるというのだ。期待しないわけがないだろう」

「それだけですか？　バルタザールのお嬢さんは、容姿端麗かつ才女だという話ですよ？」

　話がアンネリーゼのことに移ると、アルベルトは懐かしそうに目を細めた。

「ああ、あちらの女王が『バーデンの青い宝石』と名付けたあの令嬢か。……よく手放したものだよな」

「なんでも、バルタザールの話では、女王不在の折りに、王太子が勝手に婚約破棄をしでかしたとか。国外追放付きだそうです」

「ふうん？　まあ、こちらはそのおかげで優秀な人材と、その娘を手に入れることができて万々歳だ」

「ああ、バルタザールの優秀さは保証します。なにせ、バウムガルデンの女王が直接彼に、自分に仕えないかと引き抜きしたくらいですからね」

「それは期待大だな」

そう答えながらも、想いはアンネリーゼへと向かってゆく。

デラスランド公爵家がバウムガルデン王家に招かれたパーティーでのことだ。その頃のアルベルトは、バウムガルデン語での会話をまだかたことでしか使うことができず、ひとり退屈していたところに、やってきたのがアンネリーゼだ。

バウムガルデン語を上手く使うことができないのに、バウムガルデンの貴族の子供らしい少女が近づいてきて、アルベルトは当惑していた。

ところが、だ。

『遠路はるばる、バウムガルデンにお越しいただいてありがとうございます』

五歳も年下だというのに、流暢《りゅうちょう》にデラスランド語を使いこなしてみせるではないか。アルベルトは唖然とした。しかも、挨拶のあともデラスランド語でこちらを飽きさせないように相手をしてくれた。よくよく話を聞いてみれば、なんでも、女王自らが相手をするようにと差し向けたのだという。

バウムガルデン人の大人ばかりのパーティーだったが、アルベルトは彼女のおかげで時間を持て余すこともなく、パーティーの時間を楽しめたのだ。

あのときの、美しい銀髪に、澄んだ青い瞳の少女は、どんな女性に成長しているだろう。会話は機知に富んでいて楽しいし、他国語も流暢に扱いこなす。まだ幼いながらも美しく愛らしかった彼女は、きっとさらに美しく聡明な女性に育っているに違いない。

アルベルトがそれを考えるのは、実は今が初めてではない。

早く再会したい。

――早く私の手の届くところにおいで。

そう願うアルベルトだった。

◆

和気藹々《わきあいあい》と家族でおしゃべりに興じていると、馬車が揺れて、その歩みを止めた。

すると、お父さまが窓から外を覗き込んで頷いた。

「ああ、我々の新居についたようだね。みんな気に入ってくれると良いんだけれど」

そう言いながら、馬車の外側で控えている使用人に頷いて見せた。扉を開けて良いという意味だろう。

その推測は正しかったようで、使用人が扉を開ける。そして、まず最初に妹のアルマを抱いていたお父さまが、そのまま彼女を抱きかかえながら馬車を降りた。続いて、私から弟のエルマーを受け取ったお母さまが、そして最後に私が馬車を降りたのだった。

ついてきてくれるという使用人の半分は、新居を整えておくために先に送り出していた。だからだろうか、同行してきた執事長のレオナルドが先に立って家の正面玄関をあけると、外装は年月を感じさせるものの、内装はピカピカの新居が姿を現した。

建物は、家族が生活する本宅と、使用人たちが寝起きする寮に別れているらしい。私たちが案内されたのは、もちろん本宅の方だった。

「わぁ、ピカピカ～」

「まえのおうちより、おおきい?」

双子のエルマーとアルマが真っ先に玄関から中へ駆け込んでいった。

「わぁ!　ピアノ～!」

アルマが叫んで、お母さまの横を走り抜け、玄関ホールに置かれているグランドピアノめがけて走って行った。

「わたち、ピアノがひきたい～!」

「調律は済んでいる品を取り寄せたと聞いておりますよ」

執事長のレオナルドがアルマににっこりと微笑みかける。

初老の彼からすると、アルマは孫のように思えるのかもしれない。彼からはそんな優しさを感じた。

そんな彼は、微笑みを絶やさぬままにアルマを抱き上げると、椅子に彼女を座らせ、ピアノの蓋を開けてやる。

「うわぁ～！」

真っ黒な蓋から現れた、キラキラに磨かれた白と黒の鍵盤に、アルマが目を輝かせた。

レオナルドは、アルマが鍵盤に触れるのを止めない。だから、そのままアルマが手を伸ばし、白い鍵盤をいくつか叩いてみた。

けれど、彼女の小さな手には、ピアノの鍵盤は大きすぎるようで、さすがにオクターブには手が届かない。

「おかあたまのように、ひけない～」

ぷう、と頬をふくらませてご機嫌斜めになってしまった。

アルマは三歳。子供用に編曲された曲を選べば、弾けなくもないと思うんだけれど……。確か、前世の有名なピアニストがテレビインタビューで「子供の頃から母のピアノで練習していた」といっていたような気がした。

「あらあら。じゃあ、お母さまと一緒に弾く？」

お母さまがアルマを宥めるように尋ねかけた。

すると、それに対して、アルマはイヤイヤと首を横に振った。

「いやなのぉ。アルマはじぶんで、ひきたいのぉ！」

駄々をこねる様子を見て、私は思案する。確か前世には子供用のミニピアノもあったはず。子供の指に合わせた、おもちゃのピアノだ。

アルマの様子じゃ、多分お母さまを真似て遊びたい感じ。そうだとしたら、ミニピアノを作ってあげたら喜ぶかもしれない。

――アルマにはミニピアノ？　じゃあエルマーにはなににしよう？

私は、頭の片隅に刻んでおくことにした。

ホールの次は、家族みんなで食事をとるダイニング、リビングなどを次々と案内される。そして最後に、各自の部屋に案内されることになった。

私の案内人は、当たり前のようにマリアが担当した。

「お嬢さま、こちらです」

案内されたのは、二階の角部屋だ。

ちょうど窓際にはクスノキが健やかにのびており、その明るい木漏れ日が部屋に差し込んでいた。

「わぁ、明るくて素敵な部屋！」

部屋の内装は落ち着いた色調のブルーで統一されていた。私は本当はモスグリーンが一番の好みで、以前の部屋もそれで統一されていた。けれど、グリーンはかつての婚約者の瞳の色。

だからだろうか、その色をあえて避けてくれたようだ。

「ありがとう、気を遣ってくれて」

そう告げると、「なんのことでしょうか？」と口もとだけ微笑んでマリアが応じた。

「緑色の部屋には囲まれたくないもの」

六歳から十八歳までの年月を婚約者として過ごしたあの人。そのうち十七歳になってサラサが現れるまでは、私たちの仲は婚約者同士として良好だったのだ。

心も傷ついているし、結婚適齢期に婚約破棄されたことも痛手だった。

「長旅でお疲れでしょうから、お休みください」

そういってマリアも部屋をあとにした。

ぽつんとひとり部屋に残される。

靴を履いたまま、ぽふっとベッドに身を投げて、天上を見上げる。

――婚約破棄かあ。

この年になってってていうのは特に痛手よね、とため息が出る。

――エルマーに婚約の話が上がる前には、私も嫁ぎ先を決めたいところよね。

未婚の姉《わたし》が家にいると、相手のお嬢さんに気を遣わせてしまうわ。

貴族の長男と次男を除いた子女は、男性ならば良い職業を得て独立し、女性ならば他家へ嫁ぐ。そうでなければ、部屋住みとなって実家にやっかいになるしかないのが現実だった。

私がそうなった場合、エルマーのお相手に気を遣わせることになってしまう。それは避けたかった。


——特別、結婚願望が強いというわけではないんだけれど。

前世の記憶を取り戻す前の、幼い頃ならいざ知らず、記憶を取り戻し、大人になった今では、あちらの世界のような自立した人生も良いのではないかと思うのだ。


——起業でもしようかしら。

お金があったら、女でも独り立ちできる？

そんな思いつきが、ふと脳裏をよぎる。

この世界にいると、まるで中世か近世のように不便なことがいっぱいだ。あちらの世界のものがあったら良いな、と思うことは多々あった。

ないのであれば、それらを、こちらの世界で作ってしまえば良い。

なにかものを作って販売するとしたら……どうしたら良いのかしら？

ものを作って売る、ということに未来を見いだすものの、どこから手をつけて良いか、私は悩むのだった。

第四章　令嬢、絵本を作る

「暇だわ～」

日当たりの良い場所に置かれたソファに座って、私はぐーっと両腕を伸ばしてストレッチする。

「暇なのよね」

二度目の愚痴になってしまうものの、同じ言葉を再び口にする。

暇だ、暇すぎだ。

今までは、散々王太子妃教育だといって、分刻みのようなスケジュールを押しつけられてきたものの、それが一切なくなってみると、自由にしろといわれても、それはそれで苦痛なのである。

そんな残念な性分の私は、手持ち無沙汰に伸ばした手をグーパーしている。

「そんなにお暇でしたら、弟君と妹君と遊んでさしあげたらいかがですか？」

退屈そうにしている私に、側で部屋の掃除をしてくれていたマリアが提案してくれた。

「エルマーとアルマか……」

ふたりの顔を思い出す。

ほとんど接点なく生活してきた私と弟妹だ。一緒に遊ぶにしても、なにかしらきっかけになるようなものがあったら、すんなりと遊べるのではないだろうか。そう思いつく。

そういえば、お母さまに聞いたところ、彼らはまだ随分早いのだが、三歳から文字の読み書きの勉強をはじめたばかりらしい。そう考えると、遊びながら、その助けになるものがあったら良いんじゃないか。

「幼児教育っていったら、絵本よね……」

「えほん?」

私が呟《つぶや》くと、マリアが聞き慣れない言葉に反応する。

「そう、絵本。子供向けの本よ。やさしい文字で書かれた子供のための本があったら、エルマーたちの助けになるんじゃないかと思って」

思いついた私は、必要なものを紙に綴っていく。

なにせあの子たちは私とともにデラスランドに来ることを選んでくれたのだ。そんな可愛らしい弟妹の、デラスランド語学習のために、なにか役に立つことをしたい。

——そういえば、中世や近世のヨーロッパでは本っていったら羊皮紙に手書きでかかれていたりして、紙は一部の人が使える高価なものだったりするはずだけれど、この世界には普通に「紙」があるのよね。

ちょっと不思議に思いながらも、自分にとっては都合が良い。そう割り切って、疑問は放っておくことにした。

私の家に絵を嗜む人はいないから、絵の具や筆、ペンなんかはないだろうから、これから買い出しに行ってもらうことになっちゃうのかな。

「マリア、これらのものを用意してくれないかしら？」

そこに記したのは、耐水性の付けペンに、水彩絵の具、筆、小さなバケツに、糸と針である。

「……？　お嬢さまは絵師か縫い子になられるんですか？」

マリアが私のメモを受け取って首を傾げる。

「違うわよ。それが絵本を作るのに必要な材料なの」

「承知しました。急いで用意して参ります」

仕事を増やして申し訳ないと思いながらも、絵本を手にしたエルマーとアルマが喜んでくれることを想像して楽しみに待つのだった。


結局翌日にはマリアは私の欲しいものを全て用意してくれた。優秀な侍女である。

――お話は、向こうにあったものをもとにすれば良いわよね。

エルマーには男の子向けに、川から流れてきた男の子が、成長して、鬼退治をする話とかかなあ。主人公は国を失った幼い王子さまとかにすれば良いのかもしれない。

女の子のアルマには、虐げられた令嬢が、魔女の手助けでお城の舞踏会にいくけれど、靴を忘れて帰ってきてしまうお話、とか？

そんなものをいくつかピックアップした。

そして、最後に製本するときのことを考えて、ページ割りを考える。

「うん、よし。これで書き始められるわ」

話の総ページ数に合わせて、紙一枚で裏表で四ページになるようにページ割りを決めて、必要な絵や文字を綴る。

――これ、完全に前の世界で薄い本を書いていたときの知恵なんだけど……。

こちらへ来てまで役に立つとは、大助かりである。絵を描く能力も前世のものを総動員しよう。

絵や文字が全て乾ききったら、紙の中央を折って、そこを縫っていく。要は糸閉じのノートの要領である。

「お嬢さま、凄いです。最初はバラバラでなにを描いていらっしゃるのかと思っていましたけれど、一冊の本になってしまいました」

出来上がったものを最初からパラパラとめくって見せると、マリアが目を丸くした。

「こういう、子供が好みそうな話を本にしておけば、エルマーとアルマも、積極的に字を読めるようになりたいと思うと思って」

まだ彼らはデラスランド語の家庭教師がついたばかり。文字の読み書きを始めたばかりだ。

きっとその助けになるだろう。

まずは、最初に思いついたふたつの話を絵本に仕上げて、遊んでいるエルマーとアルマのもとへ持っていった。

「「おねえたま！」」

階下のリビングで、お母さまが見守る中遊んでいたふたりが、ぱっと顔を上げて私を見る。

私を呼ぶ声が舌っ足らずなのが愛らしい。

そんな愛らしい双子の姿に私は目を細めて、彼らのもとに近づいていく。

「ねえ、ふたりとも。お姉さまと一緒に遊ばない？」

そう声をかけると、ふたりはぱぁっと瞳を輝かせて笑顔になる。

「「うん、あしょぶ！」」

見守っていたお母さまには、目配せして確認した。特に問題はないみたい。

「じゃあねえ、お姉さまがエルマーとアルマのために書いた、とってきおのお話を読みましょう」

そういうと、エルマーとアルマが、互いに顔を合わせて顔を曇らせた。

「ボク、まだ、もじ、よめない……」

「あたちも……」

しゅんとしょげかえる双子たち。そんな双子たちの頭を順に撫でてから、私は双子たちに目線が合うようにしゃがんで語りかけた。

「大丈夫。エルマーとアルマにもわかる易しい言葉で書いたから。それに、最初はお姉さまがちゃぁんと読んであげるわ。だから、心配しないでも大丈夫よ」

そういうと、しぼんだ花がまた開いたかのように、双子たちの表情がぱぁっと明るくなる。

「おねえたま、はやく、よんで！」

「よんで！」

くいくい、と服の裾を引っ張られて、毛足の長いふかふかの絨毯の上にふたりと同じく座り込む。場所はエルマーとアルマに挟まれたちょうど真ん中。行儀は悪いかもしれないが、幼い子供たちには、絨毯の上に座り込むことが許されているのだ。

「じゃあ、まずはエルマー向きのお話にしましょう」

結局、桃から生まれた子供が成長して、鬼退治に行く話を、こちらの世界にあわせてアレンジしたら、祖国を奪われた幼い王子さまが、心優しい老いた夫婦に助けられ、成長して、祖国を取り返す、という話になっていた。

「わぁ、かっこいい！　すごい！」「しゅごい！」

剣を手に戦う絵がついたシーンでは、ふたりとも大興奮して私の腕にしがみついてきた。

「そうね、凄いわね」

興奮するふたりに合わせながらも、ちゃんと読んでいる場所を指さすのを忘れない。

そうしてひととおり読み終える頃、お母さまも興味を持ったのか、側へやってきた。

「はい、おしまい」

私がパタンと絵本を閉じる。弟妹たちが、ぱちぱちと小さな手で拍手をする。

――うーん、可愛いなぁ。

実をいえば、双子たちとゆっくりこんな時間を過ごせたのは初めてだ。双子たちは、私が十歳の頃に私が王太子の婚約者として召し上げられてから生まれたので、ゆっくりとともに過ごす時間などなかったのだ。

――ああ、可愛い。天使！

小さくてぷっくりしたおてててで、両側から揃ってぱちぱちしてくれるの、最高！

婚約破棄されなければ、一生この幸せを味わえなかったのだから、あれも不幸中の幸い……、って、あんな酷い過去はこの幸せなときに思い出すものじゃないわね。

私は気を取り直して、二冊目の本を読もうとする。

すると、側に来ていたお母さまが興味深そうにかがんできていた。

「お母さまもご一緒されますか？」

誘ってみれば、嬉しそうにバラが咲きほころぶような笑顔で微笑んだ。

「あら嬉しい。なんだか三人でとても楽しそうにしているのだもの。気になって仕方がなかったのよ」

そういうと、お母さまはエルマーの側に一緒になって絨毯の上に座り込んだ。

「じゃあ、煤《すす》被りの令嬢のお話です」

私はタイトルを読みあげる。どこの誰に窘められるわけでもないだろうが、そのまんまのタイトルにするのもなんだし……とためらいがあったので、ちょっと濁したタイトルにする。

読み始めると、継母や連れ子の姉たちに虐げられるヒロインに同情してか、女の子のアルマは瞳をうるうるとさせる。やがて、置いていかれた靴を手に王子がヒロインを見つけ出すシーンでは、瞳を輝かせた。

お母さまも、ハラハラとしながら物語の結末を追っていたようで、最後にはほっと一安心、笑顔になっていた。

「ちょっと貸してくれる？」

「はい」

感心した様子のお母さまに二冊の絵本を手渡した。

「へえ。自分で絵と物語を書いた紙を、糸で綴じ合わせたのかしら」

お母さまは、構造をすぐに理解したようだ。

「はい、そうです。子供向けの本ってないですから、自分で作ってみました」

「エルマーとアルマは興味津々ね。ねえ、アンヌ。これ、他のお話もあったりするのかしら？」

「はい、お母さま。まだ書きかけですが。エルマーとアルマのそれぞれふたりに一冊ずつ作り

「かけです」

そう、次に書き始めている話があった。

エルマーには、魔法のランプを手に入れた青年のお話。アルマには、茨のお城で眠りについ
たお姫さまの話を書いている途中だ。

「もし良かったら、あなたの手が空いているときで良いから、これをもっと作って欲しいわ。この子たちも、随分と興味津々なようだから……」

そう頼まれている合間にも、小さな手が伸びてくる。

「じぶんで、よむのぉ！」

「おかあさま、おうじさまと、おひめさまの、かえして～」

懇願する双子たちの手だ。

「ふたりに、渡してあげてください、お母さま」

「ええ」とひとつ頷いてからお母さまが弟妹に絵本を手渡した。

「お姉さまがあなたたちのために、作ってくれたものよ。大切にしてね？」

手渡すときに、そう念を押すのを忘れない。

「「はぁい！」」

お母さまの言葉に、弟妹たちの声が重なる。

ふたりとも、とっても気に入ってくれたようで、アルマはしっかりと絵本を抱きかかえてお

り、エルマーは自ら開いて、読み出そうとしていた。

「あれぇ？　このもじ、わからない……」

「うーん、アルマも……」

結局、まだまだ文字を覚えかけのふたりには難しいようで、早々に躓いている。その結果、その日は一日私がふたりに付き合うことになったのだった。


その数日後。

「アンヌ。相談を持ちかけられたんだが」

お父さまが私の部屋にやってきた。ようやく双子のための絵本の第二弾が出来上がった頃だ。

「はい、なんでしょう？」

マリアに「お茶の用意をお願い」と耳打ちしてから、お父さまに私の部屋のソファを勧める。

互いに向かい合う形で腰を下ろすと、お父さまがおもむろに口を開いた。

「絵本とやらのことなんだよ」

ああ、あの双子たちにあげたものかと思い至る。

「ちょっと待っていてください」

私は文机へ行って、部屋にあった新作の二冊を手に取って戻ってくる。

そして、「これですね」とお父さまに渡す。

「ああ、そうそう。こんなのだと聞いている。これのことについて、エルマーとアルマの家庭教師の先生に相談を受けたんだよ」

——ん？　なにかまずかったかしら？

教育上良くない話だったとか？

でもなぁ、前の世界では幼児教育に欠かせない、名作として扱われていたお話だったはず。

そんなに問題はないと思うんだけど……と私が戸惑っていると、お父さまが再び口を開いた。

「家庭教師の先生が、この本を非常に褒めていてね。我が家だけに留めずに、余所の子供の手にも届けたいとおっしゃっていてね。家庭教師の先生が引き受けている、他のお宅でも使いたいそうなんだよ」

——え？　余所の子の分⁉

エルマーとアルマのためになら頑張って書けるけれど、よその子の分まで量産なんて手に余るんですけど⁉

私は困惑した。

いくら暇とはいえ、絵本作家を生業とするつもりはなかったからだ。

私は、エルマーとアルマに挟まれて、あのふくふくぷにぷにしたおててで、読了後に拍手をしてもらえれば十分。彼らに楽しんでもらえば満足だった。

そういった思いが顔に出ていたのだろうか。すぐにお父さまが言い直す。

「ああ、別にアンヌに作って欲しいといっているわけじゃないんだよ。これをね、特許と著作権を申請して、他の誰でもが作って売れるようにしないか、っていう話なんだ」

「特許。著作権」

そんなものがこの世界にはもうあるのか、と半ば驚き、それが口に出た。

「それはどのように取ったら良いのですか？」

私はそういったことにはまるで知識がない。前の世界での知識でぼんやりとした概要は把握しているのだが、それとは同じようなものなのだろうか。

「まずは、商人ギルドに自分の名前で登録すること」

「商人ギルド」

聞いたことはあったが、関わったことはなかったので、私は思わず復唱してしまう。

「そう、商人ギルド。まあ、商業を生業とする人の集まりのようなものかな。そこが、これから説明する著作権や特許についても管理しているから、必須かな」

「そうなんですね……」

私が商人ギルド員になることは、半ば決定事項のようだ。

「それから、著作権とは、作品を創作した人が持つ権利だ。例えば今回の絵本ならば、アンヌが生み出した話について、どう使われるかアンヌが決められる権利のことかな。もちろん、他の誰かがアンヌの生み出したものを利用する場合には君の許可が必要で、君にお金が入る仕組みになっている」

それならば、おぼろげに前世で知っていた著作権と似たようなものだろう。私はそう理解した。

「それから、特許については、この絵本、というものについて登録する」

「はい」

「特許とは、一定の技術を持った技術や発明を、発明者が独占的に利用できるよう定めることだ。そして、技術を有料で他者に公開することで、発明者は対価としてお金を得ることができる。ちなみに、誰でも無料で使えるように定めることも可能だけれどね」

「……お金、ですか」

そこまで説明を受けて、私は頭を捻《ひね》る。

うーん、どうしようか。

絵本っていっても、これって、前世の記憶で複製したようなものよね。しかも、お話も前世にあったものがベース。私が考え出したものじゃない。

なのにお金にこだわるのって、なんだか汚らしい感じもするのよね……。

「お金にはこだわりませ……」

そう言いかけたとき、お父さまが咄嗟に手を伸ばして、私の口もとを塞ぐ仕草をした。

「君にはしたいことがあるんじゃないのかい？　この国に入ってきたときに、見たこと……」

「したいこと……見たこと……。あっ！」

教会の炊き出しの光景を思い出した。

「私がもし絵本を商売にして、継続的にお金を稼ぐことができたら、教会に持続的に寄付することも可能ですか？」

私は身を乗り出して尋ねた。

「正解。まぁ、君は絵師でもなんでもないんだから、どこかの信用できる商会にでも絵本作成は任せて、権利金だけ受け取れば良いんじゃないかな」

「そんなことも可能なんですね」

「君の発明がもとで子供たちの教育が進むのは素晴らしいし、それから生まれたお金で、貧しい人々に継続的に手助けをするのは尊い行為だと思うよ。どうかな？」

私は、お父さまの提案に、即頷いた。

——私は商人ギルドに籍を置く、事業者になることにほぼ決定してしまった。

◆

そうしてお父さまとお話ししてから、三日ぐらい経ったある日のこと。

お父さまが大柄な体格の男性と、中肉中背の若い男性を連れて家にやってきた。そして、私はお父さまと並んで、彼らと向かい合う形で座っている。

私は、例の絵本を持って来るようにといわれたので、きっと商人ギルドへの登録やら、絵本の特許や著作権についての話をするのだろう。

お父さまがおふたりのことを、彼らと面識のない私に紹介する。

大柄な男性は、ライナルト・ブラデンブルグ伯爵。お父さまの旧知の友人で、この国に招くにあたって尽力してくださった恩人でもある。

もうひとりはニコラウス・エッドガルド。商人ギルドに所属する、まだ若く新しい商会を立ち上げたばかりの方だという。今は平民の身ではあるけれど、出身はブラデンブルグ卿とも付き合いのある男爵家の四男。けれど、家住みとなって実家のお荷物になるくらいならと、自立して平民となり商売をはじめたのだという。

そんな四人で顔合わせをしたあと、ブラデンブルグ卿が口火を切る。

「バルタザール。お前のところの『青き宝石』が、国にやってきて早々に面白いものを生み出したって?」

ブラデンブルグ卿が、私とお父さまとを交互に見た。

「青き宝石」とは、前の国でつけられた「バーデンの青い宝石」という呼称のことだろう。自分で言うのもなんだけれど、あちらの国で私は天才児として有名で、その上青い瞳の持ち主だからと、女王陛下自らが呼びはじめた。それがあれよあれよという間に知れ渡ったものだった。

「ああ、娘が転居して早々に面白いものを考えついてくれてね。ただ我が家に閉じているのは勿体ない、新しい発明だったから、上手いこと商売にならないかを尋ねてみたくてね。もし一般に売り出されたのなら欲しいという人もいるんだよ」

欲しいといっているその人は、きっと前の話に出てきたエルマーたちの家庭教師のことだろう。

お父さまが説明すると、エッドガルドさんが興味深そうに私のことを見る。

「新しい発明、ですか……」

確認したくてうずうずしている様子のエッドガルドさんを見て、私は持ってきた数冊の絵本をテーブルの上に並べてみせる。

「子供のための本です。絵が多く使われているので、私は『絵本』と名付けました。子供の読み物であるのと同時に、最初は読み聞かせから、徐々に自分で読めるようにと、読み書き手習いをする手助けになればと思って作ったものです」

そう言って私は、エッドガルドさんに絵本のサンプルを手渡した。その絵本は、読み聞かせる時期を終えたら自分で読めるよう、短く、平易な文章で書かれている。

「子供のための本なんて、今までにない発想ですね。ですが、子供の好みそうな内容で、読み聞かせから始まり、その後、気に入った本を自分で読む……。ええ、なかなか面白い。堅苦しく、子供にとって苦痛な読み書きの勉強が、むしろ楽しい時間になりそうです！」

そう言って、エッドガルドさん自身が子供になったかのように目を輝かせながら、サンプルで持ってきた絵本を順に眺めていく。

そうしてしばらく読みふけってから満足したのか、顔を上げて口を開いた。

「この本に書かれた内容は、私は初めて読む話なのですが、アンネリーゼさまがご自分で思いつかれたお話なのですか？」

――あー。この世界ではね。もとになったのはもとの世界の絵本の内容とほぼ同じですけど。

心苦しさはあったけれど、異世界から転生しました、その世界でのお話です、だなんて真面目に説明したとしても、頭は大丈夫かと心配されそうだ。

心苦しいものの、私の創作であると答えておいた。

「であれば、確かに絵本というものの特許権とは別に、この物語に対しての著作権の申請が必要ですね」

「そうなんだ。ただ、うちは普通の貴族だから、商売に対しての知識は薄くてね。それで、ブラデンブルグ卿に、実務に詳しい良い商人がいないか推薦してもらったんだよ」

「エッドガルドは良いぞ。もと貴族だから、そちらに対してのツテもある。そして、商会への弟子入りから始めて、自分の商会を立ち上げて五年経っている。そつがないし、なにより若いから、新しいものへの対応も柔軟だ」

ブラデンブルグ卿からの褒め言葉に、エッドガルドさんは恐縮しながらも嬉しそうだ。

私、別に絵本作家になるためにこの国に移住したわけじゃないのよね。他にも色々興味があるから、やってみたいことはたくさんあるし。

――エッドガルドさんに、この案件、丸投げしちゃえるかしら？

「エッドガルドさん、ひとつ提案があるんですけれど」

私は絵本に夢中なエッドガルドさんに声をかけた。

「あっ、はい！」

慌ててエッドガルドさんが顔を上げる。

「もちろん、この本の製作にかかる人件費や工費と、商会の取り分も取ってもらって構わないわ。その条件で、この絵本の作成をエッドガルド商会に一任することは可能かしら？」

――面倒ごとはエッドガルドさんに丸投げしちゃえ！

私がそんな風に思っていると、エッドガルドさんの顔にみるみる喜色が浮かんでくる。

「これの製造をうちに任せていただけるんですか！」

ガタン、と音を立ててエッドガルドさんが立ち上がった。

「おいおい、エッドガルド。興奮しすぎだぞ」

見かねたブラデンブルグ卿が、軽く彼を窘めた。

「ああ、そうだ。仕事をお願いする代わりに、ひとつ優先して欲しいことがあるの」

「……それはどういう？」

エッドガルドさんが腰を下ろしつつ、首を傾げた。

「この事業に関わる人は、なるべく生活に困窮している人を優先して欲しいの。例えば、絵を任せるのには、支援者《パトロン》を得られないけれど絵師を志している人を。それから、文字書きには、学者や役人を目指しているけれど、やはり支援者《パトロン》を得られず困窮している人とか。本を絵で綴じる製本は、貧しい家の女性たちの内職にするとか。……これで十分かは分からないけれど、そういった、生活に困っている人に仕事が行き渡るように配慮をして欲しいのよ」

私の言葉を、じっと私を見つめながらエッドガルドさんが聞いている。

——ちょっと、そこまで食い入るように見つめるのは不躾だから！

そう思って、私が言い終えて視線を下げようとしたとき……。

「お嬢さま、あなたは神に使わされた天使ですか？」

真顔でエッドガルドさんが私に尋ねた。

「「ぶはっ」」

それを横で聞いていた、お父さまとブラデンブルグ卿が吹き出して笑っていた。

「おい、バルタザール！　お前の娘には、『青き宝石』の他に『神に使わされた天使』のふたつ目の呼称まで付いたぞ」

「こら。ライナルト、ここは茶化す場面じゃないだろう」

砕けた調子で、お父さまがブラデンブルグ卿をファーストネームで呼んで窘める。

そして、一呼吸置いてから、お父さまが私に目線を送る。

「ああ、エッドガルド君。娘はね、この国に入ったとき、ちょうど馬車の中から貧民区の配給の様子を見かけたんだよ。それを憂えていてね」

「はい。この絵本製作で生まれる私の取り分も、できれば配給をしていた教会に寄付をさせていただこうと思っています」

「……天使が……本当にいたんだ！　……天使さま、私はあなたさまのために最大限の利益を生むよう頑張ります！　そうすれば、天使さまの望む生活困窮者のために還元できるんですよね！」

「あ、えっと。私のことは普通に名前で呼んでくださった方が嬉しいわ」

そういう私の顔は引きつっていたに違いない。

「アンネリーゼ、さま……」

天使、天使と連呼するエッドガルドさんは、私の求めどおり名前を呼んでくれた。だが、その目は、すでに尊いものでも見るような敬慕の念に満ちている。

――ちょっと待ってよ！　私はただの十八歳の小娘なんですから！

あー。ま、まぁ正確に言えば、アラフォーで前世を終えたから、足せば五十代ですけど……。

自分の実年齢をこっそりと計算してみて、ため息が出た。

「アンヌ。どうかしたのかい？　なにか条件に不満でも？」

私がこっそりとため息をついたのを、お父さまが気に留めたようだ。

「いいえ、なんでもありません。エッドガルドさん、絵本製作に関する細かい事柄はあなたにお願いしてしまって良いかしら?」

——要は、「あなたに丸投げします」宣言だ。

しかし、すでに私の信奉者になってしまった様子のエッドガルドさんは、壊れたおもちゃのように縦にぶんぶんと頭を振るばかり。

——あ……丸投げ、オッケーなんだ……。

「ぜひ、エッドガルド商会をお使いください！　あなたさまの考えた絵本は、きっと我が商会にもアンネリーゼさまにも利を生みます。いいえ、してみせます！」

あ。さすが商人。どんなに心酔していても、利益の部分はしっかり考えているのね。ブラデンブルグ卿に推薦されるだけあるってことなのかな。

そうして無事会見は終わり、エッドガルドさんを中心とした絵本製作が始まるのだった。

◆

そうして、一ヶ月ほどのときが過ぎた。

そんなある日、エッドガルドさんから、絵本製作の連絡が来た。作ったばかりのできたてほやほやの品の出来栄えを見てほしいとのことだった。もちろん私はふたつ返事で了承した。

やってきたのは、エッドガルドさんと、絵師がふたり、文字書き担当のふたりの、合計五人だ。

手紙での申し出の時点で、それぞれふたりずつというのが気になって、私は不思議に思って首を傾げた。だから、そのまま返事の手紙で尋ねてみたら、絵本は平民の子供向けと貴族の子供向けに分けるのだそうだ。それによって装丁の品質と予算を分ける。ただし、内容は変わらない。

それで、ふたりずつ、と相成ったわけ。

私はやっと納得がいって、合計五人で来ることを了承したのだ。

応接室に彼らを招いて、ソファ付きのテーブルを六人で囲む。

すると、さっそくとばかりに、エッドガルドさんが絵本を二冊取りだし、テーブルの上にそれを並べた。そして、絵描きと文字起こしのふたりずつを紹介される。

「こちらが貴族や富裕層向け、こちらが一般的な平民向けです」

そうして並べられた本は、ぱっと見ても、対象は明らかなものだった。

貴族や富裕層向けに作られたものは、表紙の装丁に金銀で細工が施されている。紙も真っ白でなめらかな手触りのもので、手に入るものの中でもっとも高価なものを使っているらしい。

そして、イラストの顔料も鮮やかだ。貴重な青の顔料なども惜しげもなく使って絵師が仕上げたらしい。

それとは対照的に、平民向けの絵本はざらりとしたさわり心地で、言っては悪いが、紙の質が良くない。当然、きらびやかな装丁などなかった。顔料もごくごく限られた色である。

「貴族や富裕層は、高いもの、貴重なものを持っていることに誇りを持ちます。ですから、いくら子供向けとはいえ、このように装飾を施した方が興味をそそられるだろうと思ったのです」

「なるほどね」

「そしてこちらは一般的な庶民用です。こちらは、絵や文字を除いて、徹底的にコストを抑えることを目標にして作りました。できる限り値段は抑えたのですが、彼らは大人ですら本なんて買いません。ですから、どう売り込むのかが問題ですね……」

さすがは貴族向けの商品も庶民向けの商品も扱う商人であるエッドガルドさん。私のアイディアだけで、それぞれふたつの商品を考え出してくれたのだった。

富裕層向けは、売り出せば簡単に普及できるだろう。彼らは新しいもの、珍しいもの、貴重なものを欲しがるからだ。しかもそれが、子供の教育に役に立つとなれば、こぞって手を伸ばすことだろう。

ただし、問題は庶民向け。彼らは読み書き計算ができないことすら普通にありうるのだ。親がそういった人だった場合、この絵本を子供のために手を取るだろうか。

「うーん。私は両方作ってくれたことが嬉しいんだけれど……庶民向けの本は買ってもらうのに難儀しそうね」

「そうなんですよねえ……。私はもと貴族出身なので、読み書き計算に困ることはないのですが、庶民出身で商会に勤めるものなどでそれができるものはおりません。そうすると、賃金も安く、身体を使った重労働ばかりをこなすことになりがちです。そうしたものは、仕事に耐えかねて仕事を辞めてしまうものも多く……。でももし、この本で最低限の文字を学ぶことができれば、そうした不幸は起きないんじゃないかと思うのです」

エッドガルドさんは、そういった勤め人を雇用者としての立場から見てきたのであろう。悲しげで憂えた表情で事情を語る。

「そうして辞めてしまった人はどうなるの？」

私はエッドガルドさんに尋ねる。

「そうですね。職がなければ非合法なことに手を染めるしかなくなります。男性ならば追い剥ぎや、商家の荷馬車を狙う野盗。女性ならば街に立って……」

「それはダメよ！」

エッドガルドさんの言葉を遮って、私は叫んだ。

「全ての親が買えないのがそもそもの問題よね。ねえ、エッドガルドさん。この国では、庶民向けの学び舎はないの？」

ちなみに、前のバウムガルデン王国では存在しなかったけれど。万が一……と思って尋ねてみたのだ。

「ありますよ。教会が門戸を開いて、教会で面倒を見ている子や近隣の子供たちを集めて、週に何度か、基本的な読み書きを教えているはずです。確か、今の公主さまになられてからですね」

すると、今の公主さまの発案ってこともありうるのか……。子供に教育を施すということは、将来に向けて投資するのと同じことだ。

最低限の読み書き、計算ができるだけでも、彼らが将来職にあぶれず、まっとうに生きていける可能性は高いだろう。施政者の目から見れば、犯罪者を減らすという効果もあるはず。

まあ、そもそも公主さまの発案なのか、そしてそこまで考えての施策なのかは分からないので、憶測にすぎないけれど。

「——ということは」

私が口を開くと、エッドガルドさんがぱっと顔を上げる。

「まずは富裕層向けのものを量産して、それで売り上げを稼ぎましょう。そうしたら、私の取り分で庶民向けのものを買い取って、学び舎を開いているという教会へ寄付しにいくわ」

「え……じゃあ、お嬢さまの取り分は……」

ないに等しいじゃないですか。と言いかけて、エッドガルドさんは口をつぐむ。

「だって私、この国に稼ぐためにやってきたのではないのだもの。まあ、結果として稼げるのは良いとしても、それは貧しく苦しんでいる人のために還元するわ。それがノブレスオブリージュというものよ」

ノブレスオブリージュ、それは「高い社会的地位には義務が伴う」という意味だ。お父さまが国を変えて、爵位こそ伯爵家から男爵家に落ちたものの、私はこの国の貴族の子女なのである。ならば、この国の治安向上のために動いても良いだろう。

「エッドガルドさんは、まずは富裕層向けの品をある程度の数作ってちょうだい」

「それをどうするんですか？」

私はにっこりと笑う。

「お母さまに手伝ってもらうの」

そう。女性たちの社交といったらお母さま。そしてさらに、エルマーとアルマにも手伝ってもらいましょう。

私はひとりほくそ笑むのだった。

◆

そうしてやってきたその日。

お母さまが、国をまたいでの引っ越しを終えてから早々に友好関係を築いた貴族の奥様方を、お茶会と称して我が家に招いた。

　この国では男爵夫人とはいえ、お母さまはそもそも隣国の大国、バウムガルデン王家に連なる血筋の生まれだ。さらに、その今在位中のアレクサンドラ女王陛下の妹なのだ。

　この国の貴族夫人の上から下までの奥様方が、お母さまと早々に友好関係を築きたいと願い、お母さまはそれを好意的に受け入れているのだそうだ。

　だからだろうか。お庭で開くことにしたお茶会にも、かなりの数の婦人たちが招かれてきていた。

「まあまあ、お庭の手入れもよく行き届いてますのねえ。ただ、デラスランド公国の様式とは少し違う箇所がありますのね？」

「あら。よくお気付きで！　そのご指摘通りですのよ。前に住んでいたバウムガルデンの庭師がついてきてくれたので、彼に任せているのです。それで、バウムガルデン王国様式とデラスランド公国様式の良いところを、場所によって使い分けておりますの」

「まあ、それで。私、バウムガルデン王国には行ったことがないのですが、こうしてみると、とても洗練された庭造りをなさるのね」

　とある貴族夫人は庭を褒める。

「まあ、このお茶はとても香りが良いわ。どこで手にお入れになったの？」

「ああ、それはデラスランド公国でも一番の茶園といわれているところの茶葉を用意いたしましたの。デラスランドは茶葉栽培がとても盛んなようですのね。嬉しいですわ。奥様にも、あとで購入できる店をご紹介しますわ。ぜひ、ご自宅でもお楽しみくださいね」

さすがは社交の天才のお母さま。すっかりこちらの婦人も味方に引き入れつつある。

そんな中、エルマーとアルマが、例の貴族用の絵本を広げて読み上げている。

「あらまあ。まだ小さいのに、本を読む真似を……って、え？　まさか自分たちで本を読んでいるの⁉」

その声に、奥様方がエルマーとアルマに視線を向ける。

「おうじしゃまは、ねむったままの、おひめしゃまに、そっと、くちづけをしました」

「すると、なんということでしょう。ねむっていたおひめさまの、めが、ひらいたのです」

とある有名な物語をもとに、エッドガルドさんに作ってもらった、豪奢な装丁の絵本を、ふたりは交互に読み上げていた。口調はまだまだ舌っ足らずだけれど、むしろそれが愛らしい。

日本にひらがなと漢字があったように、この国にも、平易な文字と、特に書類などで使われる難解な文字がある。彼らが読んでいるのは、平易な文字だけで書かれたものだった。

「凄いわ。うちの子とそう変わらない年頃なのに、本を読むことができるなんて！」

「ねえ、エミーリアさま。あんな本は私見たことがありませんわ。あの本はどこで手にお入れになったの？」

その言葉をきっかけに、視線がお母さまに移る。

「この本でしたら、最近エッドガルド商会で扱うようになったそうですよ。なんでしたら、商会の連絡先をお教えしましょうか」

もともと、お母さまには私の発案であることは公にしないで欲しいとお願いしておいたので、お母さまはそのとおり、そこは割愛してくれた。

「私も欲しいです！　ぜひ、教えてくださいませ！　うちの子にも家庭教師を付けたばかりなのですが、なかなか勉学に興味を持てないらしくて……でも、これでしたら、遊びの延長で楽しんで学んでくれそうですわ！」

「私も！」

というように、お茶会は絵本が話題をさらって、賑やかに終わった。

ちなみに、私が発案者だとでしゃばらなかったのは、目立ちたくなかった、ただそれだけである。お母さまのように、あの奥様方にスマートに対応できるとは思えなかった。もちろん、妃教育を受けていたから、できるにはできる。だけれど、そのあととても疲れるのだ。

絵本のお披露目をする前には、商人ギルドに特許と著作権の申請を済ませている。

「目立ちたくない、嫌だ」と駄々をこねる私を、お父さまとエッドガルドさんに諭されて、私の名前で登録することになった。

やがて、貴族向けの本は、お母さまがお招きした貴族の奥様の口から口へ伝わっていき、エッドガルドさんが悲鳴をあげるほど注文が来た。さらに製作者たちをも巻き込んでの大騒動になった。一時は注文に応えるために、寝食を削った絵師もいるらしい……。

ごめんなさい。

それじゃあブラック労働よねと、謝罪と反省の言葉を伝えたところ、エッドガルドさんや絵師さん、文字書きさんたちは笑顔で対応してくれた。

「いやあ、今年の冬、どうやって子供に食べさせるか、ストーブ用の薪の費用を稼ごうかと悩んでいたところなので！　まあ、一時の繁忙期くらいは耐えてみせます。家族のためでもあるんですから！　それより、お嬢さま！　この仕事を生んでくださってありがとうございます！　この仕事があれば、この仕事に関わるみなが、安定した収入が見込めますし、パトロンがいなくても家族を養っていくことができます！」

彼らの言うように、注文はまだ続いている。いっときのブームでは済まなかったのだ。目新しい子供の知育用品（絵本）は、出産祝いやらお誕生日のプレゼントなどに送るものとして定着しそうだ。

「そう言ってくれて、私も嬉しいわ。これからも頑張ってくださいね」

「はい！」

労働者となった人々は、感謝こそすれど、文句はないようである。

「お嬢さまも、新しいお話をお待ちしておりますね！」

「あ、しまった……」

私は、絵本製作には携わらないものの、物語を考えるという仕事ができたのだ。

まあでも、困っている人たちの役に立てるのなら良いか。

私はほっとして帰宅したのだった。

◆

そうして、まずは貴族向けに絵本を売っていたところ、待ちに待った私の利益分をエッドガルドさんが持ってきてくれることになった。

——これでやっと貧しい人々にも絵本を読んでもらうことができる。

嬉しさに、顔がにんまりとだらしなく緩む。

「ああ、そうだ。アンヌ」

朝食の席で、お父さまに声をかけられた。

「はい、お父さま」

私はカトラリーを置いて、身体の向きをお父さまの方に向ける。

「教会の学び舎に絵本を寄付する件だけれどね」

「はい？　なにか問題でも？」

もともとお父さまには許しを得ていたので、不思議に思って首を傾げる。

「ああ、いまさらダメとかそういうことじゃないよ。例の学び舎はね、公主さま直々に発案されて施行されているものなんだ。だから、それで使いたいとなると、先に公主さまにお手紙を送った方が良い」

「……公主さまにお手紙」

国のトップにお手紙。

うわ、ハードル高い！

私は、前の国での妃教育で、デラスランド語の読み書き、話すことも聞くこともできる。でも、お相手がまさかの公主さま……。

意気揚々としていた私の気持ちが限りなくどん底に落ちた。

あれ、でも、あのときご一緒した公子さまが、公主さまになっているのよね……？

だったら大丈夫かしら？

「まあまあ、アンヌ。私も手伝うから、な？」

そうしてその晩、お父さまが帰宅してから、私が書いたものをお父さまに添削してもらったのだった。

幕間② 稚い頃の出会い

「……公主閣下。またこれは凄い書類の山ですな……」

将軍であるブラデンブルグ卿が、決裁すべき書類の山に埋もれているアルベルトのもとへ、これまた分厚い書類を持って訪れた。

「そう見えるなら、お前もこれを手伝ってくれ」

「私は、ちまちまとした書類仕事に向きません。なんでしたら、旧知のバーデン卿でも連れてきますが？」

その名前を聞いて、アルベルトがピクリと反応する。

「ああ、確かに彼は適任かもしれない」

「……と言いますと？」

「ほら、これを見てみろ」

そういって、アルベルトはブラデンブルグ卿に、一枚の申請書をぴらっと渡してみせた。

「この書類になにか？」

「なにかじゃないよ。全く。これはね、巧妙に計算違いを紛れこませて、申請金額をかさまししているんだ。……こんなのまで公主自らが見ないといけないなんて」

とぼやいてみるが、どこかの派閥の息がかかった貴族に移譲しようにも、それはそれでまずいことになるので、結局公主自らが確認している。

では、誰の息もかかっていない役人に任せてみようにも、その書類は巧妙に計算のズレを紛れ込ませてあって、容易に任せられないのだ。

「いっそお前の提案のままに、バーデン卿を私専属の書記官にしてしまおうか」

「それも良いかもしれません。ああ、そういえば閣下に仕事を増やして申し訳ないのですが、ここにバーデン卿からの面白い具申がありますよ」

「バーデン卿からか？」

「いえ、正確にはその令嬢のアンネリーゼ嬢からです」

「バーデン家のアンネリーゼ嬢。確か、『バーデンの青い宝石』と謳われるほどの美貌と才知を備えた方だと評判の姫か」

「はい、そのアンネリーゼ嬢です。なんでも、婚約者である彼の国の王太子の想い人に酷い仕打ちをしたとかしないとかで、婚約破棄と彼女の追放を言い渡されたのだそうです」

「想い人？　婚約者がいるのにか？」

「はい、おっしゃるとおりで。そもそもがおかしな話なのです。で、バーデン家はその抗議として、家族全員で我が国に移住してきました。……陛下には以前打診しましたよね？」

「ああ、聞いたね。そして、諸手を挙げて賛成した。あの国の国政は全てアレクサンドラ女王自らが決めるもの。それが、その婚約破棄に限って、彼女が不在のときに宣言されたのだというし。その上、婚約破棄の言い分も、彼の国の王太子からの一方的なものだというのだろう？　私もちょっとおかしいと思ったからね」

アルベルトはクセでもある顎をトントンと叩く仕草をしながら、思案顔で話を続けた。

「万が一娘が本当にやらかしたのだとしても、宰相として国に引き込んだバルタザールまで出て行くことを許すのは、どうにもおかしい」

アルベルトは、顔を寄せろと、ブラデンブルグ卿に指先でジェスチャーする。

「お前はアレクサンドラ女王にもバルタザールにも顔が利く。ちょっと調べてみてもらえないか」

ふたりの間にしか聞こえない声で囁き合う。

「承知しました。騎士団の中の特殊部隊、暗部のものに調べさせましょう」

「そうしてくれ」

◆

一礼してブラデンブルグ卿が部屋を去ると、部屋はアルベルトひとりになる。

「あの聡明なお嬢さん、どんな令嬢に成長しているんだろう」

彼の中で好奇心が疼く。

バウムガルデン王国とデラスランド公国の平和条約が結ばれた折に、アルベルトも幼いながら、相手国のことを知っておいた方が良い、という父母に連れられて渋々付いていった。歳の頃は十一歳頃だったろうか。

王子教育を受けているといっても、まだまだ他国語は流暢に操れず、バウムガルデン王国の人々の輪の中からひとり離れて壁際でときが経つのをただ待っていた。

そんなとき、声をかけてきてくれたのが、幼き日の彼女だった。

——アンネリーゼ。

『他国語を話す人ばかりで、退屈していませんか？　大丈夫ですか？』

そう、流暢なデラスランド語で、アルベルトよりも六歳ほども幼い少女に語りかけられたのだった。

絹糸のような銀色の髪、湖水を思わせる青い瞳。そしてなによりも目を引いたのは、きゅっと口角の上がった愛らしい笑顔だった。

『え……』

『あ、そうだ。ちょっとここで待っていてくださいね！』

驚きで一瞬固まってしまって、彼女の小さな背中を目線で追う。その小さな身体は大人たちに紛れて見失ってしまったけれど、しばらく待っていると、彼女は両手に細身のシャンパングラスを持って帰ってきた。中には薄紅色の液体が入っている。

『お待たせしてごめんなさい。わざわざデラスランドからいらしてくれたのだから、ぜひ、我が国の特産品を口にしていただきたくて。お酒は入ってないから私たちでも大丈夫。さあ、こちらをどうぞ』

そういって、片方のグラスを渡される。

彼女があまりにも流暢にデラスランド語を操ってくれるので、つい、私もそれに甘えてデラスランド語で話を続けてしまう。

『君はその歳で随分流暢にデラスランド語で話すんだね。正直驚いたよ。今いくつなんだい？』

そう尋ねると、少女ははっと気がついたように、グラスを側にいた給仕のものに預けて、両手でスカートを摘まんでカーテシーをする。

『私は、バーデン伯爵家の長女、アンネリーゼ・バーデンと申します。六歳になります』

慌てて頭を下げたときにさらりと肩から零れ落ちる銀の髪が、部屋を照らすシャンデリアに照らされて複雑に煌めく。

そして、顔を上げた彼女の瞳は青。まるで深い湖水のような瞳だった。

『バーデン……』

そういえば、と思い出す。先ほどパーティーで女王が興が乗り、アレクサンドラの妹が降嫁して生まれたバーデン家の娘に名付けたという話を聞いた。

「君が、『バーデンの青い宝石』か」

「やめてください、恥ずかしい。女王陛下が大げさにおっしゃりすぎなんです」

そういってアンネリーゼと名乗った少女は、顔を俯き加減にした。そこから覗く頬は恥じ入りほんのりと色づいている。それがアルベルトの心に一層愛らしさを沸き立てる。耳朶までその色で染まっていることなど、彼女は気付いてもいないのだろう。

――恥じ入り、耳朶まで赤く染めて、愛らしい。

アルベルトは心の中でアンネリーゼを愛らしい少女だと微笑ましく思った。

――歳の頃はそうだな、私が十一歳、彼女が六歳だというから、ちょうど五歳差といったところか。

教養も礼儀も申し分ないし、なにより愛らしい。すでにデラスランド語を習得している彼女であれば私の花嫁に望んでも、申し分ないだろう。教養豊かで気の利くアンネリーゼを、アルベルトは好ましく思っていた。

そう考えて、帰国後に彼女との婚約を父の公主に相談しようとアルベルトは考えた。

彼女はバウムガルデンの伯爵家令嬢と言っていたが、確か母親が元とはといえばバウムガルデン王国の王女。そうであれば、地位は他国の伯爵といっても、なにも問題はないだろう。王子教育で学んだ他国の貴族に関する教育が、こんな場面で役に立った。

そこで、ふとアルベルトは気がつく。

俯いたままのアンネリーゼを放って置きっぱなしだ。

『レディ、いつまでその花の顔《かんばせ》を私から逸らしているのです？　その愛らしい顔を私に見せてはくれませんか？』

まだバウムガルデンの言葉に精通していないアルベルトは、言葉はアンネリーゼに甘えさせてもらい、デラスランド語で続けた。

すると、いつまでも俯いていたことに気がついたアンネリーゼが、ぱっと顔を上げる。その花の顔は、たとえれば純潔の白い百合の花のよう。

『失礼しました、アルベルト殿下。つい、恥ずかしくてご接待すべき殿下をおいて、顔を俯けたままにするだなんて』

そうしてアンネリーゼはわびるために二度目の礼を執る。

『良いよ、大丈夫。ところで、せっかく持ってきてくれた飲み物が温《ぬる》くなってしまう。一緒に飲まないかい？』

そういって、アルベルトは手に持ったままのグラスを掲げてみせる。

『あっ！　そうでした！』

はっとしてアンネリーゼが辺りをきょろきょろすると、グラスを預けられたままの給仕が困ったような顔をして笑っていた。

「さ、アンネリーゼさま」

「長々とありがとう！」

――給仕のものにも敬意を払えるのか。

彼らは使用人。貴族やその子女たちには、彼らをもののように扱う輩もいる。だが、彼女はグラスを持ち続けてくれていた給仕に笑顔を向けている。

「いえいえ。これも私の仕事のうちですから。それでは」

給仕は彼女にグラスを渡すと、その場をあとにした。

『では、どうしましょうか……』

互いにグラスに口を付けてから、辺りを見回す。その度に銀の髪がハラハラ絹糸のように日に輝いて美しい。飲干す際のこくりと動く喉の動きが可愛らしい。そして、互いにグラスを空にした。

――可愛らしいな。

アルベルトは思う。

『そうだ！　この城の庭園の中央に、真っ赤なバラの園があるのです。「赤の女王」の名にちなんで。そこを見に行くのはどうでしょうか？』

アルベルトは給仕にふたり分のグラスを下げさせて、アンネリーゼに手を差し出す。

『良いね。それは素晴らしい。さあ、行こう』

そうして私たちは楽しい時間を過ごしたのだ。

ところが、だ。

国に戻ってから、彼女との婚約を父母に願い出ようと思っていたところ、すでに、あの「赤の女王」に先手を打たれていたのだ。

当時のアルベルトは、これぞ、と思った少女を失い、唇を噛み、ツメが食い込み血が滲むまで手を握りしめたのだった。

◆

「そうか！」

ひとりになったアルベルトは、バン！と両手で机を叩く。

「バルタザール・バーデン卿が我が国の貴族になったということは、彼女を娶ることも可能ということか！　そもそも、婚約の話もなくなったと聞く！　家格は、彼女の父親の功績次第でなんとかなる……っと、悪いクセか。先走りすぎだな」

ふう、とため息をついて、椅子に深く腰を下ろす。

周囲からあまりに「結婚しろ」攻勢を受けていたあまり、ぱっと現れた思い出の彼女に恋しそうになってしまった。

そもそも、隣国の王太子から婚約破棄をされて移住してきた身。アルベルトがほのかに想いを寄せた、あの幼き日から、素直で愛らしい女性に育っているとは必ずしも限らないのだ。淡い思い出が大きすぎる幻想になっている可能性だってなきにしもあらずなのだ。

「……そうだな……」

アルベルトは思案げに顎を撫でる。

「まずは、今の事態を改善すべく、バーデン卿を私付きの書記官にしよう。嫁だとかなんだとかはそのあとだ」

そういって、山のように積み重なった書類の山を叩く。

「誰か！　誰かいないか！　バーデン卿を私の部屋へ呼べ！」

そうして、バルタザール・バーデンは、公主アルベルト直属の書記官となったのだった。

第五章　令嬢、業務改革をする

そうしてしばらく経ったある日のこと。

「お邪魔しております」

いつもは公主アルベルトの執務室にはいない女性がひとりいた。彼女はにこりと笑みを浮かべて、カーテシーをする。頭を下げるとさらりと銀の髪が肩を滑り、過去のあのときを彷彿とさせる。そして、顔を上げてまっすぐ、素直そうにアルベルトを見る瞳は、湖水のような青。

「私は、アンネリーゼ・バーデンと申します。ご無沙汰しております。決算が年度末で忙しいということで、父バルタザール・バーデンの手伝いに参りました」

そういって、再びアルベルトに向かって一礼する。

年度末の繁忙期に駆け込みでねじ込んでくる予算案やら、忙しいのを分かっていてわざと不正を紛れ込ませた予算案が提出されてくるのだ。アンネリーゼはそのために父バルタザールに応援を頼まれたのだ。

――あのときのアンネリーゼ！

しかも、「ご無沙汰しております」ということは、幼きあの日のことをきちんと覚えているということ。なんという知性だろう。まだ小さな少女だったというのに。

確か、あのあと王太子の婚約者だった間、彼女は王太子妃教育を受けていたと聞いている。それによって、あの才知は、さらに磨きがかかったのだろうか。

容姿は、あのあどけない少女が麗しい少女に成長していたらと想像したとおり。銀の髪は絹糸のようで、そして、礼儀に長じ、知性を湛えた湖水のような瞳。頬はほんのりとピンクに色づき、唇はまるで旬のサクランボのよう。

ドクン、とアルベルトの胸が高鳴った。

——中身は？　心も素直に美しく成長しているのだろうか？

「閣下、我が娘アンネリーゼをこちらで使ってもよろしいでしょうか？」

そんなとき、ともにいた父親であるバルタザールが懇願するような目でアルベルトに尋ねた。

「……貴族女性が算術を嗜むというのはあまり聞かないが、バルタザールが願い出るほどに、あなたは算術に長けているのかい？」

アルベルトは意表を突かれた。

そのとおり、貴族女性の嗜みに、算術はあてはまらない。稀に、夫を亡くした領主の妻が仕方なく女主人となるべく学ぶのがほとんどだ。

本来であれば、うら若きアンネリーゼが、算術など学ぶ必要などないはずである。

「長けている……と自ら申しあげるのはおこがましいのですが、私は、とある便利な道具を使うのです」

そういって掲げて見せたのは、前の世界での「ソロバン」だ。

「なんだ？　それは……」

興味を持ち、片手を伸ばしてくる。アンネリーゼは素直にそれをアルベルトに手渡した。

「なんだこの玉は。ああ、木の棒に玉が通してあるのか……」

アルベルトはかざすようにしてソロバンを眺める。

「はい。上にあるひと粒を五、その下にある四つの玉はそれぞれ一として扱います。そして、縦一列で最大九までを積み上げることができるのです。昔、特別に家のものに作ってもらいました」

「なるほど……だが、その先の計算はどうするのだ？」

「はい。今まで積み上げてきた九をゼロに戻し、次の左の玉をひとつはじきます。ここは十の桁になるのです。この国は十進法……十ずつ位が上がるという計算法を取っております。ですから、この道具を使うことによって、正確に、この計算機の玉がある限りの桁まで加算、減算することができるのです」

アンネリーゼは、あえて、「この世界」ではなく、「この国」と称した。

——私は、この国で生まれて育ったのだもの。「他の世界」を知っていてはおかしいわ。

「ほほう……。理屈は知解した」

——今の説明で分かってしまわれるなんて。

アンネリーゼは驚きで息を呑む。

「それにしても、アンネリーゼ。『十進法』などとは、良い名付けをするな」

「あっ」

しまった、とアンネリーゼは失敗に気付く。「十進法」はこの世界にない言葉だったのだ！

「だが、その十進法とやら、この国の算術の形をよく捉えていて、良い名付けだな、アンネリーゼ」

幸いに、アルベルトは、「十進法」をアンネリーゼの名付けと思い込んだようだった。

「確かに、この国の計算は十ずつ位が変わる。そして貨幣もだ。我が国の通貨、公国銅貨千枚で公国銀貨一枚に、公国銀貨千枚で公国金貨一枚と扱われる。……よく気がついたな、アンネリーゼ！」

アルベルトは機嫌が良さそうに、ぱしっと小気味良い音を立ててソロバンをアンネリーゼに返す。

「それだけ分かっていれば、十分算術への理解が深いことが分かる。……バルタザール！」

「はっ！」

「賢く、良い娘を持ったな！」

「はっ、ありがたきお言葉！」

そうして、アンネリーゼは年度末の決算期の書類精査に加わることになった。

そうして数日。

「……これは酷いですね……」

とある書類を計算し終えて、アンネリーゼがソロバンとペンを置いてため息をつく。

この世界の数字は、偶然か必然か、前の世界のものとほぼ同じだった。

だが問題はそこではない。そうなれば、金額が大きくなればなるほど、ゼロの数が多くなる。

そして、ただの足し算ならばまだ良いものの、かけ算、割り算となると、途中の計算でゼロを増やしたり減らしたり、数字をごまかしたりと、やりたい放題の書類が山積みなのだ。

ふう、とため息をついて、アンネリーゼが椅子に深く腰掛けなおす。

「公主閣下、ひとつ提案があるのですが」

「なんだ、申してみよ」

アルベルトも、自ら手がけていた書類の手を止めて、アンネリーゼを見る。

「ここの、三桁ごとに、カンマをつける規則にしてはどうでしょう」

そういって、試しに、かなりの額の予算案の数字に消すことが可能なインクでカンマを書き足してみる。

「ほう。これなら、どの程度の金額なのかが視覚的に分かりやすい。ああ、そうだ。あなたが家から余分に持ってきてくれたというソロバンだが、あれは一度理解すれば使い勝手が良いな。

「精査の時間が短く済むし、正確にできる」

そういって笑ってみせると、アンネリーゼが嬉しそうに笑い返す。

「……と、そうか」

思い出したように、アルベルトが自らの顎をトンと突く。

「アンネリーゼ、あなたは確か、絵本という子供用の本の発明で特許権を申請していたね」

「あっ、はい。ご存じで……」

「ああ、女性が特許を申請してくるのは珍しいし、あのバーデン家の令嬢ということもあって目に留まったんだ。……それでだ。このソロバンも、特許申請して、広く世に広めないかい？特に数字を扱う、我々経理を監査するものや、商人なんかは喜ぶと思うんだよ」

あのというのは、どういう意味だろう？と心の中で引っかかりながら、アンネリーゼが尋ね返す。

「そんなに必要とされますでしょうか……？」

「さっき言ったとおり、監査するもの、商人と、ごまんといると思うぞ」

うーん、とアンネリーゼは悩んでしまう。

――あ、でも。

ふと、過去の前世の光景を思い出す。

みんな計算するときは一部の人を除いて大多数が計算機を使っていたわよね。そう、ソロバンの電子版の電卓！

この世界にも電卓があったら、たいして使い方を学ぶこともなく、みなも簡単に計算ができるようになるのではないだろうか？

「あの、閣下」

「どうした？　アンネリーゼ」

「この、ソロバンの機能を、どうにかして自動計算できるようにするのは可能でしょうか？」

「そう、だな……」

考えるときのクセなのだろうか。アルベルトが顎をトントンと叩く。

「機能は単純、魔力源としては、ゴミとして破棄する程度の魔石があれば十分なはず……」

すさまじい勢いでアルベルトが考えを口にしていく。

「おい、そこの侍従！　王家直属の魔道具師を呼べ！　ドワーフ職人のラッセルだ！」

「はいっ！」

名指しされた侍従が、百八十度向きを変えて、まっすぐに廊下を走っていった。本来は廊下を走るなどマナー違反なのだろうが、公主からの勅命である。しかも、アルベルトの剣幕からして、急を要するくらいには読み取ったのだろう。

「魔道具……ですか？」

ランプだったり、上下水道だったり、そういったものが魔道具でまかなわれているというのは、この世界で成長する中で知った。

——だけど、簡単に電卓なんて作れるの？

この世界に住んでいて、前の世界にあったものがないことに、アンネリーゼも不自由を感じたことはある。それで生み出したのがソロバンだ。実家に出入りする大工に作ってもらった。さすがに実家はお抱え魔道具師などはいなかったから、ソロバンで限界だったのだ。

というか、公主と会話を交えるまで、思い出しもしなかった。

——なんだか、公主閣下とご一緒だと、できないことはないいんじゃないかと錯覚しそう。

ふふ、とアンネリーゼは袖の下で微笑む。

「どうした、アンネリーゼ」

「いえ、公主閣下とご一緒ですと、なんだかできないことなどなにもないのではないかと思ったのです」

そう言って、アンネリーゼは花がほころぶように笑った。

それを見たアルベルトの顔がぱっと赤く染まる。

アルベルトの脳内に、王妃となったアンネリーゼとともに国政を行う様子が頭に浮かぶ。

自分とアンネリーゼの間には、自分の髪色の黒を継ぎ、アンネリーゼの瞳の青を継いだ男の子がともに仲睦まじく座っている。

「え？」

それを見たアンネリーゼが、なぜ？と問うように首を傾げる。

「閣下？」

「あ。あああ、なんでもない。んっ、うん……。確かに、できないことなどなにもなさそうだな。あなたには、思いもよらない発想力がある。そして、私には公主としての人脈と財力がある」

「確かに、公主閣下にできないことなどなにもなさそうですわね」

ふふっとアンネリーゼが微笑む。

「……っと、話を戻して、と」

そういうアルベルトの言葉で、アンネリーゼの顔も引き締まる。

「例のソロバンを魔道具である電卓とやらにとした場合、ソロバンの権利と、それを魔道具とした技師と、特許料は按分されることになるだろうが、それは構わないな？」

「もちろんです」

「前の絵本やら、ソロバンやら、電卓やらと、特許料や著作権料で随分と潤うだろうが、どうするんだ？　父親に上の爵位でも買ってやるつもりか？」

爵位を買うというと裕福な商人が男爵の位を買うといった、汚らしい行為、というイメージが強いのだが、実際のところ、複数爵位を持っていて、それを余らせて困っている家もある。

また、どの領地も富を生むとは限らない。

緑豊かな麦をたくさん実らせる土地を持つ領地。希少だったり、高価だったりする鉱石を生む鉱山を持つ領地。

それらは誰からも望まれる。

だが、そんな土地ばかりではない。

魔物の跋扈する森を保有する土地。なにを植えても育たない痩せた土地。隣国と接していて、緊張感の緩むことのない土地。ただし、最後の土地については、「辺境伯」など侯爵相当の位と実戦的な武力を持った貴族が、先祖代々護っているのだが。

「うーん……、爵位、ですか？」

眉を寄せて考えてから、アンネリーゼは父バルタザールの方を見る。

すると、バルタザールも苦笑いして、「良いよ良いよ」といったジェスチャーで返してきた。

「お父さまは爵位は今のままで良いようです。ですので、教会に寄付します！」

「アンネリーゼ……」

良い思いつきでしょうといわんばかりに片手をあげて答えるアンネリーゼを前に、アルベルトが額を頭で支える。

「あら、いけませんでしたか？」

「ぽいぽいぽいぽいぽいと、稼いだお金を放り込まれる教会のことも考えようよ」

脱力したアルベルトはつい砕けた口調になる。

「うーん。お金に困っている人を助けるのには、継続的に資金を与えることが必要だと聞きました。だから、良い案だと思ったんだけれどなぁ」

つられてアンネリーゼまで口調が砕けかける。

「アンネリーゼ。確かに継続的な資金の提供は必要だ。本当に働けないものには、最低限の生活の保障もね」

「……セーフティ、ネット」

「ん？」

「民の生活の、最後の、救済の網のことです」

「聞き慣れないな。十進法といい、セーフティネットといい、その名前は君の発案かい？　だとしたら、君は良い言葉を思いつくね」

アルベルトがニコリと笑う。

――あはは。前世《あちら》にあった言葉であって、自分の発想ではないとは、この状況では説明できないなあ。

心の中で苦笑いをしているアンネリーゼを余所に、アルベルトの政策案は止まらない。

「そう。確かにセーフティネットは必要だ。だけど、民にそれに甘んじさせてはいけない。努力すること、それによってより良い生活を得ることができる、そんな希望を持てる国にならなければならないのだ！」

そういって、アルベルトがぐっと片手の拳を握る。

それを聞いて、アンネリーゼははっと我に返る。そうだ。支給されるお金に甘えて、働けるのに働かなかったり、嘘の申告をしたりという不正受給は許してはいけない。

——って、それにしても公爵閣下ったら、随分前衛的な考え方をなさるのね。

アンネリーゼは心の中で驚いた。

前に住んでいた大国バウムガルデンは——いや、この世界はといって良いだろう。典型的な封建社会だ。王族、貴族が頂点で支配し、農民、商人が税を支払うことでそれを支える。その見返りとして王族や貴族は、外敵から納税者たちを守るのだ。

それに比べて、今の公爵閣下の発言は自由競争主義的な意味合いを持っていたように感じた。

いや、だからといって、都の外壁の外には魔物もいるし、盗賊、山賊といった輩もうろついていると聞く。

そう考えると、閣下のお考えなのは、封建主義と自由競争主義の良いとこ取り、といった考え方なのだろうか。

うーん、と真面目に思案に耽ってしまうアンネリーゼ。

そうしてしばらく思案に耽っていると、トントン、と机を指先で叩く音がした。

アンネリーゼはなにかと思って音のする方に視線を送る。

すると、やや厳しい顔をしたアルベルトが机の上に載せた書類を突いているではないか。

「そろそろ仕事に戻れ」ということなのだろう。

――さっきまで理想を語っていらしたのは、閣下なのに。

少し頬をふくらませて、アンネリーゼは自分の書類に視線を戻す。すると、それはアンネリーゼで決裁できるものではなく、公爵閣下自らが決裁すべき内容の案件だったのだ。

「公爵閣下――……」「アンネリーゼ……」

語りかけようとすると、互いの呼び合う声が重なり合う。

「お先に……」

アンネリーゼが引くと、「ありがとう」と答えてからアルベルトが一枚の書類を持って立ち上がる。そして、アンネリーゼの座る席までやってきた。

「御用でしたら、私の方から行きましたのに」

アンネリーゼが恐縮すると、「いやいや」と笑って返すアルベルト。

「そういう堅苦しいことはこの執務室で働くものは、気にする必要はないよ。で、本題だ」

そう言って、アルベルトはピラリと一枚の書類をアンネリーゼの前に置いた。

「これは、私が決裁すべき書類だろうか？」

その問いに答えるように、アンネリーゼは首を横に振る。

「いいえ、閣下。それは父や……そうですね、私でも決裁可能かと思います」

そう答えると、満足そうに口の端を上げてアルベルトが笑う。

「で、来ていただいたところに恐縮なのですが……」

アンネリーゼも、先ほど手もとに置いていた書類をアルベルトの前に差し出す。

「ん？」

眼前に差し出された至近距離の書類に、アルベルトが視点を合わせる。

「こちらは逆に、閣下ご自身でなければ決裁できないような類いのものとお見受けしますが、いかがでしょう？」

そう問われると、アルベルトはアンネリーゼから目の前の書類を取り上げ、上から下まで慎重に確認する。

「確かにそうだ。よく手もとで留め置いてくれた、アンネリーゼ。これを安易に許可していたらまずい事態に陥るところだった。良くやったぞ」

「お役に立てて光栄です」

アンネリーゼは、素直に彼の役に立てたことを喜んだ。

——ん？　ということは？

アンネリーゼの頭にひとつの疑問が浮かぶ。

「ちょっとそちらの山になっている書類、見せてください！」

一枚、二枚、三枚……と、書類を順にめくっていく。

「ない、ない、ない、これもない……！」

アンネリーゼの形相がやや怖いものになってきたのを見かねて、父バルタザールが、アンネリーゼの肩に手を添えて声をかける。

「おいおい、なにがないというんだい？」

「全部、宛先が書いていないのです！」

気色ばむアンネリーゼを宥めながら、バルタザールは尋ね返す。

「宛先？」

「はい、宛先です」

「それならこれ、『公爵閣下へ』とどれも書かれているじゃないか」

「それじゃあダメなんです！　じゃあ、国中の書類を全て閣下が決裁なさるというのですか！　そんなことをしたら、過労死してしまいます！」

そこまで言い切ると、アンネリーゼは言いたかったことを言い終えて、肩で息をした。

「「カロウシ？」」

当然そんな言葉はこの国にはないわけで、アルベルトもバルタザールも揃って首を傾げた。

「彼女の父ならば知っているか？　バルタザール」

「いいえ、ちっとも」

顔を向かい合わせて横に顔を振るふたり。

――はっ。しまった。ごまかせ、私！

アンネリーゼはにっこり笑って有無を言わさぬ態度で話の方向の転換を試みる。

「カロウシ、については忘れてください。本題に戻りますよ。書類は本来、全てが公爵閣下が直々に見るべきとは限らないでしょう?」

「そうだな」

「そうだ」

アンネリーゼがふたりに問うと、仲良く揃ってふたつの首が縦に振られる。

「例えばこれは軍務大臣か、その配下で実務を取り仕切る将軍……、こちらは宰相閣下か文部大臣かしら? あとは……」

「なるほどね」

ぽん、とアンネリーゼはアルベルトに肩を叩かれた。

「宛先がただ一番の上役の私だけで、具申したい、具体的な部署が書かれていないと」

「そう! そうなんです! 申請書はみなそうなんです。その上、一定の形式もなく、手紙のように自由にだらだらと書き連ねているんです」

「……確かに。ではアンネリーゼ、そこまで分かっているということは、これをどのように変えれば良いとか、意見があると思って良いか?」

「はい! 申請したい部署を筆頭に書き、次に申請の概要といったように、一見して書類の宛先がどこでなにを承認して欲しい申請なのかがぱっと分かるよう、書式を統一してみてはいかがでしょう？　そうすれば、なにもかもが公爵閣下宛てに来ることもないでしょう！」

「なるほど！　そして、その書類の事前審査をする文官をおけば、私を筆頭とした上官の負担も減る、ということか！」

すんなりと意図が通じたことが嬉しくて、つい、アンネリーゼはアルベルトに向かって身を乗り出してしまう。少女漫画であったなら瞳がキラキラと光っていたかもしれない。

ただし……。

「……っ」

「あっ……」

その至近距離で一瞬ときが止まる。

ふたりははしゃぎすぎて、お互いの距離をあまりに近づけすぎた。

──私よりも頭ひとつ分も背が高く、剣術かなにかで鍛えられた身体はたくましい。黒い短髪はサラサラとつやを持ち、灰色の瞳には私が映っている。

アンネリーゼはまるで彼の瞳に吸い込まれるような感覚を覚えて、胸が高鳴る。

──睫は長く、「青き宝石」と称される美しい瞳に影を落とす。頬は先ほどとは打って変わって朱に染まり、その透明で白い肌が血色良く艶を帯びる。

アルベルトは彼女の美しさと初心《うぶ》な反応に、感嘆と同時に庇護欲といったものを感じた。

だが、それとは違う感情も同時に生まれた。

「はしゃぎすぎだよ、アンネリーゼ。お嬢さんが男性と近づいて良い距離じゃない。……忘れているかもしれないが、君も私も未婚の異性なのだよ？　私は君のような愛らしい女性を目の前にしたら、その場で自分のものにしたいと思うかもしれない」

最後は、少し彼女に対して意地悪をしてみたいような、反応を見てみたいような嗜虐心《しぎゃくしん》がわいて、アンネリーゼの細い手首を引いて、捉えた彼女の耳もとに囁きかける。

……が、それは戯れとばかりに、アルベルトは当惑しているアンネリーゼの手をすぐに離して解放し、穏やかに笑ってみせる。

「冗談だ。……とまあ、悪心を起こす男もいないとは限らない。以後気をつけなさい。君は魅力的な女性なのだから」

「はい。ご忠告ありがとうございます。以後気をつけます。閣下」

そういって、二歩ほど下がって頭を下げるアンネリーゼ。

「魅力的な女性」と言われたことは、不意を突かれたように胸を打つ。それは、他の女性に婚約者を奪われるという形で婚約破棄され、自尊心が下がっていた彼女に喜びを与え、下げた頭の下で密かに笑みを浮かべた。

緊迫したときが、穏やかなものに戻る。

「いや、途中で止めなかった私も悪かった、済まない」

アルベルトは彼女に応じるかのように、紳士な態度で一礼した。そして、ゆっくりと頭を上げた。

「バーデン卿。大切なお嬢さまをお借りしての悪ふざけ、すまなかった」

「……いえ、こちらの娘が失礼しました」

するると、場をあらためようと、アルベルトが、パンパン、と高い音で手を叩く。

「戯れがすぎた。一度解散しよう。そして、書式に関しては再度集まって協議しよう」

「「はい、失礼します」」

アンネリーゼと、彼女をハラハラと見守っていた父バルタザールが一礼して執務室をあとにした。


扉の閉まる音を確認してから、アルベルトは深くため息をつく。

「タチが、悪い」

――たとえ話のように言ったが、自分は本当に彼女を捕まえてしまいたかったのではないか？

もともとアンネリーゼは、実はアルベルトにとって初恋の少女だった。

初めて大国バウムガルデンで出会ったときの、容姿の愛らしさ、幼くしてマナーも他国語も操れるという才女ぶり。

当時、将来公爵家を継いで公主となることが決まっていたアルベルトは、「彼女だ！」と確信したのだ。

女王アレクサンドラの手によってその希望は潰されたのだが。

しかし、小鳥《アンネリーゼ》は女王の鳥籠から飛び出し、自分の手の内に飛び込んできた。

その小鳥は、想像していたよりも愛らしく、そしてより聡明に成長していた。さらに、婚約破棄を受けて国を捨てたという話だったが、その悲壮感も感じさせない。

明るく機知に富み、そしてなにより、類を見ないほどの発想力。

「……私のものに、したい」

アルベルトは無意識に呟いた。

そして、そのことにあとから驚いて、口もとを手で覆う。

──私は今、なにを言った?

アルベルトは困惑する。

確かに、アンネリーゼはアルベルトにとっては初恋の少女だ。だが、そんなもの誰もが経験すること。再び会ったからといって、自分は単純に恋に落ちたりしない。

けれど、そういうものとは違うと思い直す。

「……今のアンネリーゼに、恋をしている？　いや、あらためて恋をした？」

そう。初対面のことが影響していないとは言い切れないものの、アルベルトは、舞い戻ってきたアンネリーゼ自身の有り様《よう》全てに感嘆し、そしてあらためて恋に落ちたのだとようやく自覚した。

アルベルトはきびすを返して明るく日が差す窓に向かう。

そこには一本の植木があって、つがいの小鳥たちが春を謳歌する歌を歌っていた。

「おいで、私の小鳥《アンネリーゼ》。今度こそ、君を私のものにしてみせる」

――あのように、なれたら。

アルベルトは、仲睦まじいつがいの小鳥たちのようすに、目を細める。

再び芽生えた恋心をそっと大切に包み込むかのように、アルベルトは両腕で自らの身体を抱きしめ、瞼を閉じ、愛しい女性のことを思い出すのだった。

◆

「全く、肝が冷えたぞ、アンネリーゼ」

お父さまが私を窘める。

「すみません、お父さま」

私は真摯にお父さまに謝った。

「だが……」

そのままお叱りの言葉が続くのかと思ったら、お父さまの様子から見てそうではないらしい。

「どうかなさったのですか？」

「いやな、珍しいな、と思って」

私の問いにお父さまが答える。

「珍しいというのは私のはしゃぎようですか？」

そう問いかけると、それはない、といった様子で笑って手を振って否定した。

「お前は昔から型にはまらないおてんばじゃないか。まあそれこそ、王太子の婚約者として王宮に招聘《しょうへい》されてからは、それらしく演じていたようだが？」

横目でチラリと目線を送ってきて、お父さまが私に笑いかける。

「だって、あの『赤の女王』の御前で、じゃじゃ馬なんかできるものですか」

私はあえて大げさに恐ろしさに震えるそぶりをして見せた。

「あっはは。まあ、それはそうだ。っと……」

お父さまがなにかに気付いたようで、私を廊下の端に下がらせる。そして、お父さまは私の隣に並んだ。そして、お父さまは私たちとは反対側から来た方々に向けて頭を下げた。私は咄嗟にそれに倣ってお父さまと並んで頭を下げた。

第六章　ハイデンベルグの思惑①

コツコツという足音を立てて、男性がふたり、並んで歩いてくる。そして、私たちが控えている前でその音が止まった。

「……その顔、バルタザール・バーデン、か？」

「はっ。おっしゃるとおりでございます」

お父さまはそう答えると、礼を執った。

「隣の娘は」

「我が娘、アンネリーゼ・バーデンと申します」

『ほう。あの名高い「バーデンの青い宝石」か？』

男性は、ハイデンベルグ王国で使われるハイデンベルグ語で聞いてきた。ハイデンベルグとは、デラスランド公国を挟んで、大国バウムガルデンの反対側に領地を持つ軍事大国だ。

アレクサンドラ女王が治めるバウムガルデン王国とは対立関係だが、どの国とも中立を謳うデラスランド公国とは中立関係である。

――私が「青き宝石」と称されるようになったときの再現をしたいということかしら。

なので、私はとっさに頭の中の言語をハイデンベルグ語に切り替えた。

『お初にお目にかかり、光栄です。バーデンが長女、アンネリーゼと申します』

私は顔を上げて、カーテシーをする。

私たちに興味を持ったのは、四十代ぐらいの男性と、そのお子息だろうか。よく似た顔つきの二十代ぐらいの青年だった。だが、体格は全くの正反対。年長の男性は筋骨隆々、いかにも軍人、といった体型なのにひきかえ、もう片方の青年は、柔和で物腰が柔らかく、女性に威圧感を感じさせない細身の体型。それに眼鏡を掛けているとあって、知的な印象を受けた。

「ほう。我が国の言葉も覚えてくれているとみえる。嬉しいね。ああ、バルタザールはともかく、アンネリーゼ嬢とは初めてお会いするな。我が名はヨハネス・ハイデンベルグ。そして、隣にいるのが……」

「ヨハネスの弟マルク・ハイデンベルグと申します。……お噂は、かねがね」

そういって、穏やかに微笑みかけてきた。

親子と思ったら、年の離れた兄弟でいらっしゃったようだ。ヨハネス・ハイデンベルグさまはハイデンベルグの国王陛下でいらっしゃるから、マルクさまは王弟殿下ということだ。

――それにしても、「お噂」っていうのが気になるわね。ま、あの派手な婚約破棄のことなんでしょうけど。

私はまたアレか、と、心の中でため息をつく。けれど、ここで留めおかれても話は続かない。私はその「噂」とやらを尋ね返すことにした。

「……失礼ながら、『噂』とは……？」

私は極力簡潔に尋ねた。すると、意外な答えが返ってきた。

「例の、『バーデンの青い宝石』とアレクサンドラ女王が名付けた、あの逸話ですよ！　私はまだ当時幼かったのであの場にはいなかったのですが、数年後に兄から聞かされたのです。歳も近しいというのに天才的な語学力をお持ちということで、どんな女性かととても興味があったのです」

マルク殿下は爽やかな笑顔で答えてくれた。

「なるほど、そうでしたのね」

私がマルク殿下に答える。すると、ハイデンベルグ国王陛下が、私に対してはすでに用は済んだとばかりに、マルク殿下に声をかける。

「マルク、話は済んだか」

「はい、兄上」

「では、次は俺の用件に移らせてもらおう」

そういうと、陛下はお父さまの方に視線を向けた。

「バルタザール・バーデン。そなた、こちらでの待遇はどうなっている？」

「……待遇、とおっしゃいますと……？」

まどろっこしいといったように、ハイデンベルグ国王陛下は顔をしかめた。

「そりゃ、ぶっちゃけ、ここでの位階と待遇だよ。お前は才能も知性もある。だから、ここより好条件にするからハイデンベルグ《ウチ》に来ないかと言っている」

それを聞いて、お父さまは驚いたように目を見開いた。

「そら、どうなんだ。バルタザール」

ハイデンベルグ国王陛下はお父さまに対してわりと親しげな口調で問い直す。

「……こちらでは、男爵位をいただき、文官として働かせていただいております」

渋々、といった様子で、お父さまが答える。ハイデンベルグ国王陛下のあの様子だと、良い加減答えないと、怒り出しかねない様子だった。

「男爵！　あの大国バウムガルデンのもと宰相が一介の男爵とはねぇ……」

大げさに、驚いたといった様子で、ハイデンベルグ国王陛下は肩を竦めて首を横に振る。それから、ぐいっとお父さまに顔を近づけた。

「俺ならひとまず伯爵位はやる。最初は文官をやってもらうが、働きぶりによっては文官長、宰相補佐にだって引き立ててやる。ま、宰相はすでにいるので、諦めてくれよな」

そういってお父さまに囁きかけた。

私はそのふたりのやりとりをオロオロしながら見守るしかできない。一方、マルク殿下はというと、こんな調子の陛下は見慣れているのか、やれやれ、といった様子で眺めていた。

「お父さま……」

私はオロオロとしながらも、お父さまに声をかけようとした。すると、「良い」と私を制するように、お父さまが片手で私に片方の手の平を見せる。

それから、お父さまがハイデンベルグ国王陛下に向かって慇懃《いんぎん》に語りかけた。

「格別なるお言葉、ありがとうございます。ただ、まだ我ら家族はデラスランド公国に移住してきたばかり。こちらの国にもまだまだ慣れてはおりません。ハイデンベルグ国王陛下の格別なるご提案については、落ち着いてからゆっくりと考えさせていただきたく……」

そうして、お父さまは丁重に礼をした。

「全く。頭が良い上に弁も立つ奴め」

ハイデンベルグ国王陛下が、チッと舌打ちした。

きっと、引き抜きの提案を安易に断るでもなく、やんわりと丁重に濁したことを言っているのだろう。

「兄さん、あまりバーデン卿を困らせてはなりませんよ。さ、我々は本来の目的地に向かいましょう」

「へいへい」

興は冷めたとばかりに、ハイデンベルグ国王陛下はマルク王弟殿下に連れられていった。

「全く肝が冷えました」

私は、大きく息を吐くとともに、お父さまに今の一連の出来事の感想を漏らす。

「お父さまはハイデンベルグ国王陛下ともお知り合いなんですか？」

「ああ、大学の先輩だ」

肩を竦めながらお父さまが答えた。

大学とは、お父さまの出身のデラスランド公立大学のことだろう。

「まあ、自慢するつもりはないんだが、私は歴代最高の成績で首席で卒業してね。まあ、結局アレクサンドラに引き抜かれてバウムガルデン王国に行ったんだ。だが、その一方でハイデンベルグ国王陛下も私を引き抜こうと思っていたらしくてね……。前の国にいたときから、実は度々引き抜きの誘いを受けていたんだ」

お父さまは、「頭が痛い」とこめかみを指で押さえて、ため息をついた。

——やっぱり私のお父さまって凄い。

◆

その一方、ハイデンベルグ国のふたりが、対面の予定の入っているデラスランド公国公主アルベルトが待っているはずの客間に向かって歩いていた。

「全く、手に入れるチャンスが来ても、いつも横からかっさらわれて気に入らねえ」

ハイデンベルグ国王が舌打ち混じりに愚痴をこぼす。

「今回は『かっさらわれた』わけではないですよ？　バーデン卿と親しいブラデンブルグ将軍の伝手から、こちらのデラスランド公国に身を寄せることにしたらしいですし」

「ライナルト・ブラデンブルグか……。学生時代にゃ、バルタザールにくっついて歩いてたからなあ。……それにしてもお前、今回の事情に詳しいな」

「兄さんがハイデンベルグ国王で王国の剣ならば、私は王国の諜報部ですからね。バウムガルデンの王太子《馬鹿息子》がやらかしたと聞いたので、その辺を探っていたのですよ」

「だったらすぐに俺に教えてくれれば良いじゃないか。すぐに手を打って、バルタザールを手に入れられたってのに」

「あ――……、そこはすみません。バウムガルデン側を中心に調査していたので」

マルクが素直に謝った。

「で、あっちの動きはどうだ？　あんな茶番劇、女王アレクサンドラが激怒しそうなもんなんだが」

「ご明察」

王弟マルクがにっこりと嬉しそうに笑って人差し指をかざす。

「ちょうど女王と王配が祭事から戻ったようで、面白いことになっているんですよ」

「……お前、性格悪いな」

「おや、そうですか？　私は物腰も柔らかですし、兄さんと違って親しくしたいという女性に事欠きませんが……」

「……そういうところもだよ。全くこの美形インテリ眼鏡が」

そういって、ハイデンベルグ国王がため息をついた。

「ああそういえば、面白いといえば。もうひとつあるんですよ、兄さん」

「ん？　なんだ？」

もう用はない、興味はないとばかりに適当にハイデンベルグ国王が相づちを打つ。

「さきほどの、ご令嬢の方です」

「確かに噂どおりに才気煥発、その上見目も良いと、噂どおりの令嬢だったが、なにかあるのか？」

「ええ、あるんです」

王弟マルクがにっこり笑う。

「なんでも、子供に語学を遊び感覚で学ばせるための本、『絵本』を発明したんだそうです。これが売れに売れている。ちなみに、うちの上流貴族たちの一部にも新しいものに目ざといものたちは手に入れはじめていますね」

「ほう？　令嬢が、発明をね。って、あの令嬢の家はそんなに金に困っているのか？　だったらバルタザールへの勧誘の方法も変えるが……」

するると、ゆるゆると王弟マルクが首を振る。

「そうじゃないんです。彼女はまず自分の幼い弟妹のために作ったと。それを、家のものだけにするのは惜しいと特許を取れと周りからアドバイスされたらしいんですね」

「まあ、もっともな意見だな」

「彼女、その絵本を貧民区にある教会の学び舎に寄付したそうですよ。それから、衣食住の不足を補うために、定期的に、絵本の収入から教会にも寄付をしているらしい」

それを聞いて、感心したように「ほう」とハイデンベルグ国王が相づちを打つ。

「それからですね……」

「ちょっとまて。まだあるのか⁉」

「ええ、そこが彼女の凄いところなんです」

王弟マルクがかけている銀色の眼鏡をくいっと上げる。彼の容貌はもともと知性を感じさせる、男性ながら美しい容姿なのだが、彼のかけている眼鏡は、その魅力をさらに押し上げている。

「普通、我々が計算するときは、暗算か紙に書いて計算しますよね？」

「……ああ、そうだな」

「彼女は、それを改革したんです。単純な木細工の計算機と、魔道具式の計算機のふたつ。このふたつも発明し、文官に普及させ、業務改革をした。それにより、デラスランド公国では、煩雑な書類確認の効率化をしたばかりでなく、計算ミスをあえて混ぜ込む手法での予算のごまかしをすぐに見つけることができるようになったそうです……」

それを聞いたハイデンベルグ国王はあっけにとられたような顔をしている。

「……それは、女がやることか？」

貴族女性といえば、楽器演奏に刺繍、茶会での話術……といったものを嗜むものが一般的だ。国の執務、しかも予算関連にかかわって、しかも業務改革をするなど、異例のことだった。

「兄さん、ひとつお願いがあるんですが」

「おう、言ってみろ」

「もともと、明日にはふたり揃って帰国する予定でしたが……、なにかしら上手い理由をつけて、私をここデラスランド公国に残していってくださいませんか？」

そういって、王弟マルクはハイデンベルグ国王に微笑んで見せたのだった。

◆

兄は、頼んだとおり、デラスランド公国公主アルベルトに、王弟マルクのみ遊学目的で残したいという旨を願い出てくれた。

軍事大国ハイデンベルグの国王直々に頼まれたとあれば、無下に断ることもできず、公主アルベルトは、ハイデンベルグ国王の申し出を受け入れてくれたそうだ。

今まで借り受けていた客室もそのまま利用させてもらえるらしい。

「……まずは首尾は上々、といったところですかね」

机の上に置かれた紙を、人差し指でコツン、と叩く。

「アンネリーゼ・バーデン」

ただのお人好しか。

商魂たくましい令嬢か。

……慈愛と、才知を併せ持つ美しい花か。

もし、彼女を妻として手に入れた場合。

彼女の知的財産が生む金を手に入れることができる、が、きっと彼女は今のところ聞いた話だと、なんだかんだと寄付してしまいそうだ。

それを想像したら、自分でも意外だが、微笑んでしまった。

それと血筋。

父親はそこそこの貴族の出だが、着目すべきは母親。彼女は大国バウムガルデンのアレクサンドラ女王の妹なのだ。そのため、若干弱いもののバウムガルデンと血縁を結ぶことができる。

まあ、今は敵対するバウムガルデンだが、血縁ができたらどうなるか……。

「……バーデンの青い宝石、ね。しばらく、彼女の様子を探らせてもらいましょうか」

魅力的な獲物を見つけたような愉快そうな様子で、満足げな笑みを浮かべる。

「ああそうだ。今度のお相手は女性。ということは、ご挨拶がてら、なにか贈り物を吟味した方が良いですかね」

久々に楽しそうに王弟マルクは御用商人を呼ぶように、従者に言付けるのだった。

幕間③　赤の女王の怒り

そうしてときは遡り女王の帰還の日。

「女王陛下、並びに王配殿下のご帰還です！」

女王一行の先発隊を務める騎士が、高らかに女王の帰還を知らせる。

——いよいよだわ。

王太子カインと並んで王族たちの並ぶ列に混ざって待つサラサは、緊張と期待に胸を高鳴らせる。王太子と並んでいるのは、カインから「母の帰還した際に、新たな婚約者として紹介したいから」と請われたからだ。

サラサは自分の下腹部をそっと撫でる。

——きっと、女王陛下も、初孫ができたことを喜んでくださる。

ただ、「聖女のための協奏曲《コンツェルト》」は、全年齢向けの乙女ゲームだったので、サラサとカインの間で事前にそういう関係を持つことはないはずだった。だが、ある夜にカインに忍んでこられ、強く請われた結果、そういう関係になったのだった。そして、一度許してしまえばずるずると関係は続くもの。そうした結果、サラサの懐妊となったのだった。

——大丈夫よ、大丈夫。イレギュラーはあるけど、ゲームのヒロインは幸せになると相場は決まっているんだから――……。

サラサは自分を鼓舞し続けた。そして、女王アレクサンドラがやってくるのを待つ。すると、行進していた馬の列が止まった。

「……そなた、誰じゃ。それに、そこにいるべきアンネリーゼはどこにいる」

馬上から冷たい声がした。

サラサは顔を上げる。

アレクサンドラ女王陛下と思われる、隊列の中で一番豪奢な身なりの女性が、馬に跨がっていた。

「私はサラサ・カガミと申しまして――……」

サラサが語りかけかけると、すぐにアレクサンドラに言葉を遮られた。

「誰がそなたに頭を上げることと発言することを許した？　カイン、そなたに聞いている。アンネリーゼはどこにいる」

ぞっとするような冷たい声で女王アレクサンドラが王太子カインに尋ねた。

「はっ。アンネリーゼは、私の『真実の愛』の相手、サラサに無体を働いたため、婚約を破棄しました」

王太子カインが握った拳を震わせながらアレクサンドラの問いに答えた。

「は？　『真実の愛』？」

理解できないといった様子でアレクサンドラがその言葉を繰り返す。

「聞いてください女王様、私たちは……」

「そなたに聞いてはおらぬ！　カイン、わたくしの問いに答えよ！」

「あ……ええと……彼女は、聖女サラサ……と申し……」

「聖女サラサ？　教会で保護したとかいう招かれ人の娘の名がどうして今出てくる」

「……そのサラサが、私の隣にいる女性です！　私はっ！　彼女と『真実の愛』を見いだしましてっ！」

やけになったカインは叫ぶように事情を語り出す。

「はぁ？　『真実の愛』、だと……？」

女王はあっけにとられた様子で目を見開く。

「サラサは聖女、尊い存在です！　ですから、私はサラサと一緒になるべきだと！　ですので、アンネリーゼに婚約破棄を言い渡しましたっ！　そして、サラサに無体を働いたので国を出るよう申しつけましたっ！」

カインは振り絞るように女王に回答した。聖女サラサ。その存在が自分を助けてくれる、そう思って返答したのだが——。

「はぁ？　聖女サラサが将来の国母にふさわしいと⁉　わたくしに代わって⁉　そなたが判断したというのか⁉　そなたには私が決めた事柄を覆すほどの権限があるとでもいうのか⁉」

女王の声は怒気に満ち満ちている。

アレクサンドラの怒りにあてられて、もはやカインは泣きそうですらあった。

「アレクサンドラ。……その辺で、落ち着いて……」

彼女の配偶者である王配エドワルドが仲裁に入る。だが、彼女の怒りは収まる気配を見せない。

そしてさらに、アンネリーゼから連想が繋がって、彼女の父バルタザールが女王を迎えているべきはずなのに、いないことに気がついた。

「バルタザールはどうした⁉」

「は……、ここ数日、お姿を見せられず……」

女王の問いに、並んで立っていた侍従が震える声で返答した。

「それでどうしてバルタザールまでいないのだ！　あれはわたくしが見いだした逸材ぞ！　誰か、説明せんか！」

その言葉に、侍従長が女王に一枚の封書を差し出した。

「宰相閣下におかれましては、陛下宛にお手紙を残しておられます」

「開《あ》けよ！」

「はっ」

侍従長が、ペーパーナイフで盆の上に置かれた封書をピッと開ける。そして、盆の高さよりも頭を下げ、再び恭しく封書を差し出した。

「祭事でわたくしが王都を離れたと思ったら、どういう事態なんだ、全く……」

怒りが収まらないのか、荒々しく手紙を手に取ると、バサリと広げ、中の手紙にしたためられた字を追った。

「なんの罪もない我が娘との婚約を破棄されたこと、及び国外追放を命じられたことについて、バーデン家のものは全員納得しかねます。よって、一家全員、貴国からお暇させていただきます……だと？」

手紙を手にする手が震える。

「やってくれたな、バルタザール！　誰か！　バーデン卿の屋敷を調べろ！」

アレクサンドラが命じた。

そこに、間が悪くカインがさらなる真実を女王アレクサンドラに告げる。

「我々は『真実の愛』で結ばれております。お喜びください、母上！　その結果、サラサの身体にはすでに我々の間の子が――……」

子供の存在を口にした途端、周囲が青い顔をして女王アレクサンドラの様子をうかがった。

「子だと？　王族と結ばれるつもりの娘が？　……婚前に？」

冷たい声の温度がさらに下がった。それはまるで零下のような冷たい声、そして瞳だった。

「それと婚約破棄と言ったか？　あれはわたくしが決めた婚約。それを一介の子にすぎぬそなたが覆したというのか？」

場の空気はどんどん冷えていく。

するとそこへ、ひとりの男性が声を発した。祭事に女王一行と同行していたこの国の国教の枢機卿だ。

「女王陛下、とんでもないことですぞ！　王太子の花嫁は、初夜に純潔であることが必須条件です。さらに、婚礼時に純潔だった妃から生まれた子にしか、我ら教会は洗礼を与えられません。洗礼を受けていない子など、王子、王女として認知することは不可……」

「そこまで説明せんでも分かっておるわ！」

女王アレクサンドラが一喝する。その顔を見て、ふたりはこれでもかと言うほどに顔を蒼白にする。そして、互いが抱える恐怖を宥めるために、他人に見えぬよう互いの手を握った。

「……カインさま、この子は……」

サラサは他に漏れ聞こえぬよう、カインの耳もとに囁く。

「しっ……」

カインに制されて、サラサは口を閉ざした。

「アレクサンドラ。一度場を仕切り直してはどうかね？」

女王アレクサンドラを恐れるでもなく、そう提案するのは、彼女の夫である王配エドワルドだ。すると、その言葉に怒りがようやく収められた様子で、ひとつ息を吐いた。

そして、女王アレクサンドラがその場にいる全員に指示をする。

「ひとまず、旅路の帰着にあたって、身を清め、休みを取る必要があるだろう」

そう指示すると、祭事に赴いていた面々から、安堵のため息が上がる。

「そして、カインとそこの娘」

女王アレクサンドラは、サラサの名を呼びすらしなかった。

「私の婚約者です！　先ほども申したとおり、彼女にはサラサという名があります！」

そこに、場の空気を読めないでいる王太子カインが女王アレクサンドラに向かって抗議する。

「……わたくしが覚える必要のある名か？　それと、この国の王太子とその婚約者はわたくしが決める。この国の施政者はわたくし。それは存じておろう？」

「……は、はい……」

「そんなことを言って、我が子を虐めてはいけないよ、アレクサンドラ」

そこに、助け船を出したかのようにみえるのは、王配エドワルドだった。

「……君のその言いようだと、王太子はカインでなくとも良くて、婚約者も未定ということになってしまうよね？」

王配エドワルドは穏やかで優しそうに見えて、平然と女王アレクサンドラの横に立てるくらい、現実的で冷淡とも言えるほど沈着冷静な人物だった。

「だって、馬鹿な子ばかり生まれるんだもの。わたくし、嫌になってしまうわ」

すると、エドワルドがアレクサンドラの頤をすくい取る。ふたりの間に甘い雰囲気が流れる。

「じゃあ、次の子を作ってみようか？」

「……もう、あなたったら。子供たちの前ですわよ」

そのふたりのやりとりを聞いて、王太子カインとサラサがふるふると身体を震わせた。

「わたくしは、王になるには能力の劣る子供たちを補佐させるため、アンネリーゼ・バーデンをこの国の王太子の婚約者と決めた。だから、あの娘はこの国に必要なのだ。あの娘はどこだ」

当然誰も答えようとはしなかった。いずれの子たちも、唇を噛んで耐え忍んでいた。

その間に、イライラと怒りを募らせてきた女王アレクサンドラが、まっすぐに王太子カインに向かって問いかける。

「カイン。アンネリーゼはどこにいる。王都を出たあとどこへ向かったのだ！」

「……知り、ません……」

当然、答えるべき情報は持ち合わせていなかった。婚約破棄をした後、彼らははしゃぎじゃれ合っていただけなのだから。

「アンネリーゼ・バーデンと、宰相バルタザール・バーデンの居場所を突き止め、わたくしのもとに報告するよう命じよ！」

「「ははっ！」」

そうして、バーデン家がすでにデラスランド公国についてから、バーデン家の捜索が始まるのだった。

◆

数時間後、謁見室にて。

「バーデン家のタウンハウス内は、当然もぬけの殻だったか」

騎士のひとりからその報告を受けた女王アレクサンドラのこめかみに青筋が立つ。赤く塗られた艶のある唇を、ギリ、と噛む。

「で、その出国の許可を出したのは誰か？」

「調査でははっきりとは……。城門の警備担当のものたちを洗いましたが、これといって誰がとは分かりませんでした」

「全く使えんやつばかりだな……」

イライラと愚痴をこぼす女王アレクサンドラ。

実際のところはうっかり出国させてしまった警備兵は判明しているのだが、「赤の女王」に知れたら……と思った騎士は、彼らを庇い、名を伏せたのだが。

「カイン。なにか申すことはないか」

「……実は、アンネリーゼからは、彼女に送ったものが全て返却されており……。婚約解消したものだから当然と、そのまま受け取ってしまいました……」

「馬鹿か！　その時点でおかしいと気付くのが普通じゃろう！」

「ひいっ！」

女王アレクサンドラの一喝が、カインを慄《おのの》かせた。

おかしいもなにも、自ら贈ったものを返却し、身を退けてくれるなど、これ幸いと思ってい
たのだから、愚にも付かない。

「もうそのあとすぐには、一家は王都を出たものと思われます、また、一家に加え、一部の使
用人たちも連れだって出国した模様です」

「それで、現在の居所は？」

「それは目下捜索中にございます」

「遅いっ！　それを報告せよと言ったであろう！」

「はっ、申し訳ありません！」

報告に上がった騎士はただただ平伏して謝罪の言葉を口にした。今にも炎上しようとしてい
る女王の怒りに、燃料を投下してはならないからだ。

「アレクサンドラや。それぐらいにしておやり。失態を犯したのは我が子ひとり……ではな
かったか……」

そういって王配エドワルドは、王太子カインとサラサとともに並ばされている、婚約破棄劇

に加担した子息や教師たちをチラリと横目で見やった。

「「「ひっ」」」

女王アレクサンドラが血や炎を連想させるとしたら、王配エドワルドは氷、といったところだろうか。

そんなとき、思いついたように女王アレクサンドラが赤い唇を開いた。

「のう、カイン？」

「はっ、はい。母上」

「そなたと、そこの娘は、『真実の愛』とやらで結ばれていると、そういっておったな？」

「はっ、はい……」

「では聞くが……」

そういうと、側に寄り添っていた王配エドワルドの腕に自らの両腕を絡めた。

「わたくしとエドワルドは政略結婚で結ばれたのじゃがな？　お前を含め、王子三人と王女ひとりに恵まれておる。エドワルドは常にわたくしに寄り添い、公私にわたってわたくしを支えてくれておる。……じゃがお前はこれを、『真実の愛』ではないと申すのだな？」

ニィッと赤い唇を大きく笑みの形に描く。だが、瞳は全く笑っていなかった。

「めっ、滅相もありません。父上と母上は真実、愛で結ばれております。『真実の愛』と申し上げたのは、ちまたで尊いとされている、愛したもの同士が結ばれる結婚のことをさしているだけで、なにも父上母上の仲を否定するものでは……」

「なに？　恋愛結婚が、政略結婚より尊いと！」

アレクサンドラは、カインを貶める材料を見つけて、開いた扇子の向こうで、楽しそうに笑った。

そして、立ち上がって、くるりと一回転する。赤い光沢とたっぷりなドレープをもつドレスが優雅に翻る。

若者に流行している「真実の愛」は明確に政略結婚を批判するものである。王太子カインはそれ以上のより良い言い訳を見いだすことはできなかった。

「アレクサンドラ。虐めるのはおやめ」

王配エドワルドは、自らの腕に絡められた女王アレクサンドラの片方の手の甲に、ゆっくりと口づけをする。

「エドワルド……」

その口づけで、攻撃的だったアレクサンドラの態度が軟化する。

「一度この場は散会して、我々で情報を整理しないかい？」

「エドワルドがそう言うなら……」

その言葉で、その場に控えているもの全てが安堵のため息をついた。

「一度この場は終わりとする！　再びの招集に、各自備えておくように！」

「「はっ！」」

女王アレクサンドラが厳しい声で指示し、各々一礼をしてから散り散りに散会した。

婚約破棄劇を起こした当事者たちは青い顔をする。今後の算段を立てようにも、女王が帰還した今、逃げ場などないに等しかった。

第七章　令嬢、美容品と冷蔵庫を開発する

「どうしたんですか？　アンネリーゼさま」

侍女のマリアから、先ほどから唸ってばかりの理由について問われた。

「それがね、高い山々から乾いた風が吹いてくる地形のせいか、肌が乾いて荒れるのよ。マリア、あなたはそう感じない？」

私は鏡台に座って、両頬に手をあてながら尋ねた。

「ああ、確かにそれは……。バウムガルデン王国にいたときは、肌も唇もなにもしないでも潤いを保てていたのですが、こちらへ来てからは、どうも荒れやすくて……。我々使用人は当然水仕事もしますし、手も荒れやすく、困ってしまいます」

と、マリアも同じ悩みを持っているのだと共有できた。

「化粧水が欲しいわねえ……」

やっぱり、手軽にできるとすると、ハーバルウォーターという化粧水。芳香蒸留水とも呼ばれる。バラやハーブの中で、肌に良いとされるものを、水で蒸し上げ、その有効成分を水に溶け出させるのだ。ちなみに、この過程で一緒にハーバルオイルも作ることができるから、それを使って香り付きのリップクリームやハンドクリームを作っても良い。

前世では、こういった天然素材を使った手作りの化粧品を作るのが好きで、作ってみたことがあるのだ。

「うん、作ってみよう！」

私は、紙に欲しいものをリストアップした。

書いたのは、バラとハーブ類、蒸留器、蜜蝋。

最後に書いた蜜蝋は、リップクリームに使う予定だ。ああ、小指ですくい取って塗る、なんて手を汚さずに済むように、リップスティック型にできると良いわね。私はあの形状の便利さを思い出す。

というわけで、ついでにリップクリームのケースの構造を書いておく。

「ねえ、マリア」

「はい、なんでしょう？」

「これを、商会のエッドガルドさんに届けて欲しいんだけれど……」

するとマリアが私の方に歩いてきて、そのメモを受け取り、一瞥する。

「お嬢さまは、これらをご所望と」

「ええ、そうなの」

「承知いたしました。すぐにエッドガルド商会にまで向かいます」

さすが有能な私の侍女マリア！

さっと見ただけで、あれが私が欲しいものだと理解してくれた。そして、即行動に移してくれる！

「大好きよ、マリア！」

私は、マリアのそんな有能ぶりが嬉しくなって、マリアに飛びついて首に腕を絡めて抱きしめる。

「お、お嬢さま。急にどうなさったのですか……？」

いきなりそんなことをされたマリアは、きょとんとした顔で不思議そうにしている。私はそんなマリアに頬ずりする。

「ううん。ちょっとね。私は有能な侍女を持っていて嬉しいなあって思ってね」

すると、ちらっと横目で見えるマリアの耳朶が赤くなっているのが見えた。私の賞賛の言葉に照れているらしい。いつもは有能でクールな侍女って感じで振る舞っているのに、可愛いわ！

「ん～！　マリア、大好き！」

「お、お嬢さまっ」

抱きつく私の身体を受けとめるマリアがうろたえる。

「うふふ、虐めてごめんなさい。でも、大好きなのは本当よ？」

私がそういうと、マリアが目を細めて微笑む。

「使用人にはこれ以上ない、嬉しいお言葉です。では、エッドガルドさんのもとに行って参りますね」

「ええ、よろしく」

そうして、私はマリアを送り出したのだった。

◆

マリアを送り出して、もう戻ってはこまいという頃になって、私はベッドの上に大きくジャンプして身体を投げ出し、大きくため息をついた。

ちなみに、ベッドにダイブするクセは、前世に身につけたものである。五歳の頃に記憶を取り戻した折り、ベッドにダイブするクセを思い出した。もちろん、しかるべき立場の令嬢なのだから、人がいるときにはけっしてしない。

「どうしたもんかなぁ」

悩んでいるのは、軍事大国ハイデンベルグの王弟マルクさまから贈られた贈り物についてである。

銀色の細工物を贈り物としてきたのは、彼と私の銀髪からの意匠だろうか。いずれにせよ、初めての贈り物である。そのためか、それほど高価ではなさそうだが、かといって作りは精緻で品のある、素敵な宝石箱だった。

――でも私って、マルクさまから贈り物をいただくような間柄だったかしら？

当然、恋人や婚約者同士なら贈る。ちなみに、片想いでも贈る……が。

マルクさまとなんて、先日一度しか会っていないのに。

初めてお目見えした日以後、ハイデンベルグ国王陛下は予定どおり帰国なされたのだが、王弟マルクさまは、デラスランド公国で見聞を深めたいとのことで、まだ滞在中らしいのだ。

で、その遊学中のマルクさまが、なぜ私に贈り物をしてくるのだろう？

――マルクさまって、どーみても一目惚れとかするタイプじゃないよね。

第一印象インテリ眼鏡。利を見るタイプ。

いくら性格や容姿が好みだったとしても、自分に利のない相手は男女いずれとも相手にはしなさそうな印象だ。

――高校生の頃、初恋で玉砕したよなー。

私はマルクさまの勝手な印象がきっかけで嫌な記憶を思い出した。……って、前世の記憶って思い出なのかしら？

ま、まあそれはおいといて……。

当時高校生の私はひとつ上の学年の先輩に恋をしていた。ルックス良し、学業良し、スポーツ良し。なにをやらせてもそつなくこなす、女子に人気の先輩だった。

玉砕は覚悟していたよ。していたけど、バレンタインデーとかのイベントだと、友達と一緒に、それぞれ好きな人に本命チョコ渡してコクろうとかなるよね⁉

……え、古い？

でも、私は親友とふたり、それぞれ好きな人にチョコを渡すことにしたのだ。あまずっぱい記憶である。

私は、チョコレートを箱に詰め、ラッピングした箱を先輩に差し出した。恥ずかしくて、そのときの先輩の顔は見られなかった。

「先輩。好きです！　付き合ってください！」

「俺はさ」

「はっ、はい」

「学年でも一、二を争う学力があるじゃない？」

「はっ、はい」

「スポーツもそれなりにまんべんなくこなして、ルックスも悪い方じゃない」

「…………」

「ね、君にはなにがあるの？　君と付き合ったら俺にどんなメリットがあるのか、それを教えてくれたら考えるよ」

顔を上げたら、先輩が笑ってた。

私はチョコレートが入った箱を握り潰してから、先輩に投げつけ、そしてきびすを返して帰途についた。

「あ～、嫌な思い出」

マルクさまのせいで、変な記憶がよみがえってしまった。いや、マルクさまのせいではない、けっしてない。でも、もはや黒歴史ともいえる。あれだ、トラウマなのだ。

そんなことを思い出しながら、贈り物の銀の宝石箱に手を触れた。

「嫌な思い出があるからって、この品を贈ってくださったマルクさまは別人。どんな思いでこれを選んでくださったのだろう？」

小さな好奇心がわいて、銀細工の宝石箱に手を掛ける。そして、そっとその蓋を開ける。

♪～

ピンが歯を弾いて音を奏でる。それは、多分大陸上の大半の人が知っている、かつていらした慈愛の大聖女さまの子守歌だった。

「……なんだ」

ちょっと気負ってしまっていた自分を笑ってから、身体の力が抜ける。ごくごく普通の、女性へのそつのない贈り物だった。

「これのお返し、なにが良いかしら？」

この品へのお返しだったら、一般的な当たり障りのない品が良いだろう。

「うーん、でも王弟殿下ともなると、品は良いものがよさそうよね」

私は頭の中で考える。

前世だったら、贈り物のお返しといったら、ザ・定番のハンカチ！だったけど。

——ああ、ちょっと手刺繍を入れたハンカチなら、消耗品だし良いかも。

刺繍は女性の嗜みだ。それが当たり障りなくできることをお伝えするのにも、手刺繍入りのハンカチくらいが良いかも。

図案はどうしよう。まあ、ハイデンベルグ王国の王家の紋章が一番無難かしら？

そうして、私はワンポイントに家紋の刺繍を入れたハンカチを縫い上げ、マリアとは別の侍女に包んでもらい、届けてもらったのだった。

◆

マリアを送り出して、意味深にならないよう、極々小さな刺繍も完成してからほどなくして、家の外で慌ただしい馬車の車輪の音が聞こえた。なにごとかと思いきや、その馬車の音は我が家の前で止まったのだった。

「……あら？」

私はなにごとかと思って窓から通りの方の屋外を見る。

するとエッドガルドさんのところにお使いに出したはずのマリアが一緒に馬車から降りて来るではないか。

私は出来る限り急いで玄関ホールへ向かう。そして家の扉を開けた。

「こんな早足の馬車を出してどうしたんですか？」

私は驚いてエッドガルドさんに尋ねる。すると、彼は、がしっと私の両肩を掴《つか》んで捉えた。

「お嬢さまが、次はどんな発明をなさるのか、この目で見たくて……！　駆けつけて参りました！　ご依頼の品は、りっぷすてぃっくけーすとやらだけはありませんが、他の品は全て揃えて参りました！　りっぷすてぃっくけーすの方も、お嬢さまに設計の概要を、技師が直に聞いた方が良いと考え、技師を連れて参りました！」

「良い仕事しました！」みたいな感じで、報告するエッドガルドさんの後ろから、頭を下げながらひとりの若い男性が馬車から降りてきた。

「今回のりっぷすてぃっくけーす開発に携わらせていただく、ドミニクと申します。お嬢さまのお望みどおりの品を再現できますよう、頑張らせていただきます」

そういって頭を下げる。

「エッドガルドさんが技師を連れてくるのは珍しいわね。見た目も若そう？」

何気なく聞くと、ドミニクがうろたえる。

「ああ、やっぱりこの外見じゃ頼りないですかぁ？」

そして、ドミニクは眉を下げて「だから、ボクじゃない方が良いって言ったんですよぉ」と言って、エッドガルドさんにすがりついている。

「えっと……？」

そのドタバタ劇に、私はただなにごとかと見守るばかりだ。

「ドミニク。私はお前が一番適任だと思ったから連れてきたんだ。自信を持て。新しい発明には若く柔軟な頭を持った技師が適任だ。そこで、お前が良いと思って連れてきたんだからな」

「……はい」

それでもまだ自信が持てないのか、ドミニクが身体を小さくして居心地悪そうにしている。

「ドミニク、私、アンネリーゼと申します。私だってあなたと同じく若いじゃないですか！お願いです。私の発想を実現するお手伝いをしていただけませんか？」

私は、彼の両手を取って頼み込む。

家柄が上で、しかも異性の私に手を触れられたことに驚いたようで、はじかれたようにドミニクは私から身体を離す。それと同時に手も離れていった。

「確かに、俺はエッドガルドさんのもとで色々仕事させてもらってます。でも、貴族のお嬢さんの化粧品のことなんてさっぱり……」

「いやさあ、だからね？　何度も言っているように、化粧品の中身の試作品はお嬢さまたちが作るの。で、お前は、くるくるっとその円形で固形の化粧品が回って出てくるような仕組みを作ってやれば良いだけさ」

「あ、そうなの？」

「だから、あれだけ散々説明しただろう！」

どうも、ドミニクは女性向けの化粧品自体を作れと言われたのかと勘違いし、エッドガルドさんと話が合わなくなっていたようだ。

「……それで、お願いできますかしら？」

話がまとまった様子のふたりの間に入って、私はドミニクに向けて首を傾げてみせる。

「あー。オーケーっす」

「おい！　言葉！」

ドミニクは貴族相手の仕事はあまり……というかもしかしたら一度もしたことがないのかもしれない。平民が普段使いで使う言葉を私に対してもうっかり使ってくる。

なんだか、エッドガルドさんを中心とした商会の商人たちや技師たちとのやりとりが垣間見えた気がして、私はなごんでしまう。そして、つい、クスクスと笑ってしまった。

「あー。すんません。以後気をつけます……」

ドミニクの口調は次に試作品を見せてもらうときには少しは直っているのだろうか？と、少しいたずらな楽しみができたのだった。

「それじゃあ」と部屋の中に入ってもらうようにお願いして、みなで机を囲む。

「こうして、中にハーバルオイルと蜜蝋を混ぜたものを練り込んで詰め込んで、冷やして固めます。そして、底を回転させると、自分の好きな量だけ筒状になった蜜蝋が出てくるんです。でも、出したままじゃあ蓋を閉められなくなってしまいますから、反対に回すと、蜜蝋がもとのように仕舞えるって感じです」

私はリップスティックケースに欲しい機能をドミニクに説明する。すると、さっきからは一転、真剣にうんうんと頷きながら話を聞いていたドミニクが、あっさりとその構造を考えついてくれた。

「こうやってこう……そう、これとこれで、らせんが……」

紙にするすると構造が描き出されていく。

「うわ、凄いわ！　私はアイディアと機能を言っただけなのに、すぐに分かるなんて！」

「いやぁ……。大がかりな魔道具でもないですし、これくらいなら俺じゃなくてもいけると思うっすよ？　……あ、いや、また口調が……すみません」

――あら、やっぱりついぽろっと……。

後頭部をガシガシとかきながら、口をへの字にして肩を落とすドミニク。

「部屋の中だけなら良いわよ。私が良いってことにするわ。気にしないで」

「ありがとうございます」

すると、私の言葉を聞いたドミニクの表情が明らかに柔らかくなったのを感じた。

「じゃあ、まず、このケースを作ってもらいましょう。どれくらいでできるかしら？」

「うーん、肌に付けるものを入れるんですよね……。だったら、人体に無害なものが良い。そういえば、ジェルの木から取れる透明な樹液を加熱して硬化すると、好きな形状で固定できるんだっけ……」

――ジェルの木。プラスチックの樹液版って感じかしら？

あっちの世界でのゴムの木とか、メープルシロップがとれるカエデの木みたいな感じなのかしら？

それにしても、あっちの世界にも同じ「ジェル」って言葉があった。

偶然かもしれないけれど、この今の世界と、前の世界って、微妙に重なるようで、重ならなかったりするのよね。どちらかというと、都合が良い方の感じで。

だって、本来なら、中世とか近世のヨーロッパなんて、とっても不衛生だったのよ？

女子的に一番気になるもののひとつはトイレ！

前世での歴史上の中世のヨーロッパなら、トイレでしたものは路上に投げ捨てだったり、敷地の決まった場所に投げ捨てていたのよ！

びっくりよね？

それが、この世界では、スライムというなんでも食べてしまう便利な魔物に食べさせて処理するという方式の、綺麗なトイレがあるのだ。

そういった、私が知っている史実との違いから、違和感はあって、なんていうか、この世界、こう、見た目は良いんだけど、内実的には不便さがあるっていうか……。

気になる点がひとつ。

食べ物はあんまり美味しくないのよね。

食事も保存環境が良くなかったから、腐りかけたような肉を食べているのが実情だし（そのためにスパイスが貴重とされているんだけど）。

それはそのまんま……って、これって、魔道具にできる⁉

「あの！　ドミニク！」

「はっ、はいっ！」

リップスティックの構造を考えるために机にかじりついていたドミニクは、わっ！　と肩を跳ねさせて返答した。

「ねえ、ドミニク。あのね、さっき、あなたは魔道具も手がけるようなこと、言っていたわよね？」

「あっ、はい。言いましたが……」

「あのね。こういう魔道具があったら、食べ物の保存に役に立つと思うのよ……」

そういって私は、紙に、前世にあったファミリータイプ冷蔵庫の絵を描いた。

冷蔵室に、冷凍庫、そして、野菜室。

「……れいぞうこ。そういえば、上質な氷の魔石を使えばできるはずなのに、思いつきませんでしたねえ。それにしても凄い。わざわざ冷蔵用、冷凍用、野菜の保存用と温度調節まで配慮されるとは……。お嬢さま、あなた」

ふむふむと感心しながら、私の書いた図を眺めるドミニク。それから、私をじっと観察するように見る。

「えっ⁉」

一般的には貴族間では、相手のことをじろじろ見たりすることを失礼だとみることが多いので、そうやって、観察するような目で男性にじっとみつめられる経験はなかった。

だから、ドミニクの目線には面食らってしまった。

「……ドミニク？　な、なぁに？　どうしたの？」

「お嬢さまは、侍女などの経験はないんですよね？」

「もちろんないわ」

侍女どころか、王太子の婚約者で勉強漬けだった身だ。

「……それなのに、食材ごとの保存の適温を鑑みて格納庫を分類するなど、さすが、としか言えません」

「そんなに褒めるようなことかしら？」

「もちろんですよ！　これがあれば、食文化に大きな革命が起こります！　あの、香辛料まみれの、肉の味すら分からなくなったものを食べなくても良くなるんですから！」

ドミニクは、よほど美味しい肉を食べたいのだろうか？　ぐっと拳を握って確信したように熱く語った。

「エッドガルドさん、最初の仕事もちゃんとやりますから、俺にもうひとつの冷蔵庫の方の仕事、やらせてもらえませんかね？」

ドミニクは拳を握ってやる気満々だ。

「あー、しょうがないなぁ。お前がそのモードに入ったら、止めたって聞かないからなあ」

「はい！　面白そうなものには目がないんで！」

「……おい、自分の所属するところの商会長に向かってなんだそれは」

やれやれ、といった様子で「ただし、どちらも手を抜かないこと」と条件を付けられて、エッドガルドさんからゴーサインが出たのだった。

「やったわ！」

私も嬉しくて笑顔になってしまう。

「じゃあお嬢さま、まずは構造が簡単なりっぷすてぃっくけーすから手がけますので、出来上がりましたら、お嬢さまのもとに納品します。れいぞうこは、魔道具師の技師の手が必要になりますので、少し時間がかかります。のちほど納品しますので、しばらくお待ちください」

「ありがとう。仕上がりを楽しみにしているわ！」

こうして私は、エッドガルドさんという商会長に加え、ドミニクさんという有能な技師を味方につけたのだった。


やがて数日後。

ようやく、リップスティックケースの試作品を携えて、ドミニクとエッドガルドさんが我が家にやってきた。さらに、初見の女性が同行していた。

「こちらの方は？」

尋ねると、領都から少し離れた村の村長の娘さんなのだそうだ。

「ティーナといいます。私の村、男たちには仕事があるんですけど、女たちにはなかなか報酬の良い内職がなくて。それで、エッドガルドさんにお嬢さまが発案されるりっぷすてぃっくけーすに詰め物をする作業をしないかと誘われて……。一生懸命学んでいきますので、よろしくお願いします！」

「分かったわ。しっかり覚えて、村の人たちにきちんと伝えてね」

「はいっ！」

少女はがばっとお辞儀した。それだけ必死なのだろう。

「で、本題なんですけど、ケースは、ただの蜜蝋を使って試してありますから、大丈夫だと思いますが……」

と言いながら、ドミニクが私に、リップスティックケースに蜜蝋が詰まったものを手渡された。容器は透明なリップリップケースといった形状をしていた。

「ここを回してください。すると、中の蜜蝋が回転して上がってきます」

と、説明してくれるんだけど、そもそも私は前世でそれを使っていたので、それの要領は知っているんだけどね。

私は言われたとおりに底の部分をくるくると回す。すると、固形の蜜蝋がするすると上がってきた。そして、反対側に捻ると、もとの逆の工程を経てケースの中に収まっていった。

「ドミニク、完璧よ！　ありがとう！」

「良かった、ご期待に添えて」

となると、次にやることは、濾過器を使って、ハーバルウォーターと、オイルを摘出することだ。濾過器に今回はバラの花びらをたっぷりと、そして綺麗な水を入れる。加熱していくと、水の中にバラの花の成分の混じったもの、つまりローズウォーター。ローズウォーターは清潔な瓶にそのまま移して出来上がり。それとは別に、ほんの少しローズオイルが抽出されるのだ。

ハーバルウォーターはそのまま化粧水、オイルは当初の予定どおりに蜜蝋に混ぜる予定。

「蜜蝋をほどよく加熱して……」

あちらの世界と同じであれば、蜜蝋の融点、つまり、液体になる温度は六十度くらい。底まで温めたら、量が少なく貴重なローズオイルを垂らして混ぜる。

少し待って蜜蝋が柔らかさを取り戻したら、今度はドミニクが作ってきてくれたケースの中に、底の方にまで十分に埋まるよう詰めていく。これをいくつか作った。その中には、紅花から作った染料を混ぜたものもある。赤いリップクリームなら、唇に自然な赤みを補ってくれるだろう。

一連の作業を、ティーナは真剣に見つめている。

「これで、完全に冷えたら完成よ！」

そういうと、いつの間に集まったのだろう。女性たちが歓声をあげる。お母さまに、お母さまのお友達、侍女頭にその配下の侍女たち……と、たくさん。

きっと、お母さまは、私の作るものが女性向けだと聞いて、宣伝になるようにお友達を招いてくださったのだろう。まだ引っ越して間もないというのに、お母さまはしっかりこの土地に馴染んでお友達作りに余念がない。お父さまの大学時代からの親友のブラデンブルグ卿の奥様を筆頭にして、そこから奥様ネットワークを広げている。さすがは、バウムガルデン王国で公爵令嬢をしていただけはあるのかしら？

……とまあ、お母さまの状況は置いといて……。

「そろそろ完成かしら？」

蜜蝋の固まり具合を確認してから、リップスティックをくるくる回してみると、中のクリームが出たり戻ったりする。

「どうしようかしら。はじめに実験的につけるなら責任を持って私自身が……」

と言いかけると、「私にお願いします！」と侍女も奥様方からも手が上がる。

みんな新しい美容品に興味津々みたい。

ここまでみんなが希望を出してくると、どなたにしようかなぁ、と困ってしまう。すると、お母さまと目が合った。心の中で「困っています」と伝えると、お母さまがにっこりと笑った。

適任者がいるのかしら？

「ユリアーナさま、娘の作った品を試しに使ってみてくださるかしら？」

四十代くらいだろうか。お母さまと同年代と思われる奥様が嬉しそうに「光栄ですわ」と答えて、人々の輪の中から抜け出して、私のもとにやってきた。

「では、こちらの椅子に腰掛けてください」

少しお化粧をしているみたい。取ってもらわないといけないわね。

「失礼ですが、今施されているお化粧をとってもよろしいですか？」

「ええ、もちろん。あなたのお母さまから、基礎化粧品だと聞いておりますもの。最初からそのつもりですわ」

と、問題なく願いは許されて、マリアにユリアーナさまに施されている化粧を取ってもらう。

「まあ。素顔で十分お美しいじゃないですか！」

私は感嘆の声をあげる。もちろんお世辞なんかじゃなく。

「やだ。エミーリアさま、お宅のお嬢さまったら、お世辞がお上手なんだから」

奥様方の間からクスクス笑い声があがる。

「だって、本当にお綺麗。肌のきめも良くて、皺も全くありません。これはなにかいつもケアされているのでは？」

「あらやだ、お上手。私をいくつだと思っているの？　それに、この国は肌を隠す化粧品はあっても肌そのものを整える化粧品なんて発想がなかったから、たいしたことはできてないわよ。でも湯浴みは好きね」

私は興味津々になってユリアーナさまに尋ねていると、コホン、と私を諫める咳払いが聞こえた。

「アンネリーゼ、本題からずれているわ。他のみなさんが結果を見たくてうずうずしていらっしゃるわ」

「あっ。みなさま、失礼しました。では、試用に移りますね」

私が周囲のみなさんにそう伝えると、わっと歓声があがる。女性たちの、初の基礎化粧品への期待は高いようだ。

「まず、瓶から手の平にパシャパシャと数滴載せます。それを両手でなじませます。そうしたら、パッティングというんですけど、手の平で軽く撫でたり叩いたりして、お顔のお肌になじませてあげてください。……こんな感じです」

私がやってみせると、観衆たちは熱心に学び取ろうとする。中にはメモ書きまでしている人がいて、びっくりしちゃった！

「それが終わったら、次にリップクリームです。くるくるっと適量出して、唇に塗ってあげてください。あんまりたくさん出しすぎると折れちゃうので気をつけてくださいね」

するとと、もともと厚みのあるユリアーナさまの唇が、より、ぷるんと艶を帯びる。

「肌も凄く触り心地が良いわぁ。もちっとしていて、手が頬に吸い付くような感じ！」

ユリアーナさまがそう感想を述べる。

「そして最後にハンドクリームです！」

別にドミニクに作っておいてもらったチューブ状の容器に入った、リップクリームを溶媒で伸ばしてよりなめらかにしたハンドクリームを披露する。

「はんどくりーむ？」

「手専用の美容品です。手の皮膚に張りが出ますし、皺やあかぎれの予防に役立ちます。ユリアーナさま、試させていただいても？」

「ええ！　もちろんよ！」

そして、ユリアーナさまがこっそり私の耳元に唇を寄せる。

「……実は最近手の小じわが気になってきていて……」

——分かります。私もアラフォーOLでしたから（ぐっ！）

私は丁寧に爪と肌に際から関節の隅々まで丁寧にハンドクリームを塗り込む。

「はぁ、顔も唇も手も、つるつるのすべすべ……。少女の頃に戻ったようだわ！」

そうしてユリアーナさまが夢心地で感想を述べると、「私も私も」と声があがる。

「じゃぁ、みなさんに今できたてのをお配りしますから、並んでください！」

私はみなさんに指示をしながら、ティーナに耳打ちする。

「ティーナ、私がやった要領で、同じものを作ってくれる？　多分私が作ったのだけじゃ、みんなに配れなさそうだから」

そういうと、ティーナは不安そうな顔で私に問いかける。

「私になんかできるでしょうか……」

「だから今やってみるのよ！」

私はぽんっとティーナの背を叩く。

「いざ村に帰ってみたらできませんでした、じゃ、困るでしょう？　だから、ここで練習がてらおさらいをしてみて？」

それを聞いて、ティーナの目がまん丸になる。

「おさらい……」

そう呟いて、うんうん、と自分に言い聞かせるように頷く。

「やってみます！」

そのときのティーナの目は、気合いに満ちていた。

うん、これなら頑張ってくれそう。……とはいっても、初心者さんだから、ちゃんと手順どおりにできているか、見てあげるけどね！

やがて、ティーナも無事初作業を終えて、試供品を観衆に配り終える。きっと、この人たちがこの化粧品の話題を他の人たちに伝えてくれる。そして、ティーナたちが村の女性たちの間にこの化粧水とリップクリームの作り方を広めてくれるだろう。

「上手にやったわね、アンネリーゼ」

こっそりとお母さまが私に耳打ちする。

「私が選んだユリアーナさまね、社交界じゃ、美容やファッションの話題についての第一人者なの。彼女、あなたのお化粧品、とっても気に入っていたわ。きっとお友達のご婦人方に噂を広めてくれるわね」

そういって、お母さまはウィンクした。

——そうか、だからユリアーナさまにお願いしてくださったんだ。

さすがはしっかり者のお母さまだ、と感心するのだった。

やがて、少し練習に時間はかかったけれど、ティーナたちの村での生産はだんだん軌道にのり、商売にできるところまでやってきた。

お母さまの言ったとおり、エッドガルド商会で取り扱うようになってからは、貴族や裕福な奥様方に飛ぶように売れた。

「あとね、価格帯をふたつもうけようと思うのよ」

私の提案で、薬草として使うハーブの価格を変えることで、一般の人でもせめて化粧水とハンドクリームは手に入りやすいようにしたのだ。

「ハーブっていっても、中には雑草のようにたくさん生えるものってあるじゃない？　その中でお肌に効果があるものを使えば、安い化粧水とオイルが取れると思うのよね」

するとそれは庶民の女性に大ヒット。顔だけでなく、手荒れや全身のかさつきにも惜しみなく使えると評判になり、たっぷりと使いたい奥様方が大量購入していくようになった。

「アンネリーゼさま、うちだけじゃ生産がもちません！」

そんな悲鳴がティーナたちの村から手紙で舞い込んできた。

「エッドガルドさん、こういう状況なんですけど、どこか他の村に応援をお願いできませんかね？」

私は家にエッドガルドさんに来てもらって、ティーナからの手紙を見せた。

「そうだな。特に一般用の価格が安く量が多い化粧水の方なら、どこでも材料を手に入れやすいでしょう。そちらをティーナの村以外の候補地に回しましょう。もうすぐ冬です。冬になれば、農作業も終わりです。やることも収入もなく困っている村はいくらでもあります。大丈夫、必ず見つけて参ります」

こうして、約束どおりエッドガルドさんは量産を請け負ってくれる村をいくつか見つけてきてくれた。これで、無事、顧客のニーズにも十分応えることができるようになったのだ。

◆

そして、当然その特許申請がなされた報告は、私が手に持った報告書によって公主閣下の耳にも入れる。

「ほう。基礎化粧品か」

「はい。今までは、装うことを目的とした化粧品はありましたが、土台の肌を整えるものはございませんでした。ですから、そこを補う化粧品を二点作りました」

「私は男だからこういうものには疎いが……。随分と好評らしいな？　すでに品切れの店も出てきて大騒ぎだとか」

「ええ、それについては、冬場の作業として量産品を作ってくれる村をエッドガルド商会さんの方で手配していただいたので、なんとか落ち着きを取り戻してきたようです」

私は、一番シンプルなハーブを使った化粧水の入った瓶を指さす。

「ああ、そうでした。化粧水は、男性にも良いんですよ？　公爵閣下、使ってみます？」

にっこりと笑って、とあるひと品を手にして差し出す。

「男性は毎日の身だしなみとして髭《ひげ》を剃りますし、なにより、ただ太陽の日を浴びるだけでも肌は日々ダメージを受けるんです」

紫外線っていっても分からないわよね……と私は思って、そこの説明は割愛しておく。そして、それはよそにして、にっこり笑って化粧水を勧めてみた。

「……いや、いい……。やはり化粧というと女の嗜みという気がして……」

「ダメですよ、閣下。これは、国の事業にするんです」

「事業？」

私の言葉に、公爵閣下が首を捻った。

「そうです、事業です。まずはこの化粧水とリップクリームを女性たちに流行らせます。さらに、化粧は女性がするもの、という概念を打ち壊し、男性も基礎化粧くらいはするのが嗜み、という流行を作るのです。そして、それをこの大国二国に挟まれたデラスランド公国から、輸出するんです！」

「「輸出！」」

ともについてきてくれていたお父さまと、公主閣下が同時に声をあげる。

「閣下、デラスランド公国に比べて、バウムガルデン王国ならびにハイデンベルグ王国は領土も人口も多く、娘の予測どおり上手く両国で流行らせることができれば、かなりの外貨を稼げます」

「……うん……。我が国はそもそも土地が狭いのもあって、様々なものを輸入に頼りきりなのが現状だ。デラスランド公立大学をはじめとした学園都市の、学校や学生が商店で購買したものの商店からの税収を除けば、あまりにも産業及び収入規模が小さい。だが、もし、我が国が化粧品をもとに産業を興せれば……！」

公爵閣下が、拳を握って力強く訴える。

「はい。ですが、私はあくまで発明……発想にしか才はありません。エッドガルド商会を経由して、国内だけでなく隣接するふた国にも売り出したいのです。その際に、国際的な交渉時には商会だけでは心許ないので、閣下のお力添えが欲しいのです」

私とともに来ていたエッドガルドさんが、そこで公爵閣下にお辞儀をする。

「もちろんだとも！」

「よろしくお願いします」

頼もしく引き受けてくださる公爵閣下と、私の願い出を後押ししてくださるお父さま。

「ありがとうございます」

満足げに会釈をするエッドガルドさん。

——なんか、随分ふたりが盛り上がっちゃってるけど、実はまだあるのよね……。

私はちらっとエッドガルドさんと目配せする。

「あ、あのぉ……」

私とエッドガルドさんはおずおずとふたりに声をかける。

「なんだ？」「どうした？」

公爵閣下とお父さまの返しは同時だった。

「こんなのも作ってみちゃったんですぅ」

私のひと声で、エッドガルドさんの横に置いてあった冷蔵庫に、見えないようかぶせてあった布をバサリと取り去る。

「命名、冷蔵庫、です！　こちらは魔石を使って技師が作った魔道具になります！」

じゃじゃーん！とばかりに披露する。

——ま、命名といっても、前の世界の名前のまんまなんだけど。

「……で、この箱がなんだ？」

ガクッと肩が落ちちゃいそうなほど、お父さまの反応は薄かった。

「これは、冷蔵庫っていって、この国の保存技術を革命しちゃう魔道具なんですから！」

そういって、私は冷蔵庫、野菜室、冷凍庫の扉をそれぞれ開ける。その中には、冷やされたウインナーやハム、キャベツやトマト、肉が入っている。

「……冷えている？」

お父さまが恐る恐る中に手を入れてみて、入っているものの状態を確かめている。

「今までは、常温で保存するか、穴を掘った土蔵が良いところだったでしょう？　野菜もお肉も腐ってしまうから、スパイスで味をごまかして食べるしかなかった、でしょう」

「あ、ああ……」

お父さまが頷く。

「私も触ってみても良いかい？」

公爵閣下が私に尋ねてこられる。

「はい、もちろんです」

公爵閣下と入れ違いにお父さまは手を戻す。公爵閣下は、冷蔵庫に入っているウインナーの匂いを嗅いだ。

「……もともと保存食だが……。うん、この匂いなら状態は良いな」

「それは入れてから一週間経ったものでございます」

「それでこの品質か⁉」

「冷凍庫に入っている生肉も一週間経っていますが、全く品質に問題はありません」

「「なんと……」」

ふたりが驚きの表情で私を見る。

「わ、私の手柄じゃありませんよ？　私は、こういうのが欲しいな〜って、エッドガルドさんのところの技師さんにお願いして、作ってもらっただけで……」

「……それを思いつくところが凄いんだよ」

はぁ、とお父さまがため息をつく。

「閣下、こちらも、エッドガルド商会にかけあって、量産体制を作り、国内外に売れる体制を作れば……」

「ああ、間違いなく、この大陸の食糧事情が一変する。そして、新たな仕事ができ、人々に仕事を割り振り、今以上の賃金を与えることができる。生活が豊かになるんだ」

お父さまの言葉に公爵閣下が頷いた。公爵閣下の表情は、領民たちのことを思ってか、明るい。

「魔道具師や鍛冶師もいつも仕事にありつけるってわけじゃない。だが、これは、上流・中流家庭にある程度まで普及しきるまで売れ続けるだろう。そしてそれが生む金は、技師たちの賃金になるんだ」

満足そうにエッドガルドさんが語る。

「あ。そうそう。こちらに、特殊仕様のものがありまして……」

——トクシュシヨウ？　キイテナイヨ？

なんか、エッドガルドさんが私に向かって「やってやりましたぜ」って感じでウィンクしてる。……なにしたの？（汗）

今まで披露していた冷蔵庫の隣になぜかあった、やはり覆いが被さっている箱をバーン！と披露する。

「こちらは、王族、上流貴族専用の大規模パーティー対応、収納量無限対応版です！」

――は？　収納量無限ってなに？　なんで耳をかじられたネコのロボットのポケットみたいな機能つけちゃったの？

私は、その特殊機能を聞いて、目が点になる。

「ほう、空間魔法使いに魔法付与させたのか」

はい、知っていますよ。この世界の住人ですからね。いくらでもぽいぽい～って放り込めちゃう、アレ。でも、その空間魔法なんて使える人、国にひとりかふたりいるかいないかの、レア中のレアな人なんで、めーっちゃ依頼料高いはず。誰が買うのよ！　って、あ。でも、確かさっき、「王族、上流貴族専用」っていってたっけ。

「王族、上流貴族ともなれば、普段から来客も多い。しかも、定期的に大規模な催《パーティー》しを開きます。しかもその招待客は多く、規模も大きい。それに対応させるにあたって、お嬢さまの発案したものに加えて、こちらの機能をつけたものも別に作ってみました」

なるほどね。確かに、王太子の婚約者のときには、そういった催しに、王太子のパートナーとして、何度も何度も付き合わされたっけ。確かに、ああいった催しは、城の大ホールで開かれて、招かれる客も多い。その客の顔と名前を紐付けて覚えておくことがどれだけ難儀だったことか……。

――バカ王太子が全くといっていいほど覚えないものだから、私がフォローのために覚えるハメになったのよ！

……と、愚痴はおいといて……。

「確かに、そういった場を持つ方には必要ですね」

私がエッドガルドさんに答えると、周りにいた全員が頷いた。

「それじゃあ、二種類の冷蔵庫を作って売り出すってことで構わないですかね」

「はい」

「そうすると、特許の登録者は、発案者がアンネリーゼさま、構造の設計者にドミニクですかね。按分は……」

「はい、それで構いません」

私は、提示された割合に同意し、書面にサインをした。

「これ、売れますよ～。大々的に作って売って、バウムガルデン王国にもハイデンベルグ王国にも売りつけてやります。外貨をたっぷり吸い上げましょう！」

エッドガルドさんが拳を上げると、私、公主閣下、お父さまとみなが続いて拳を上げるのだった。

第八章　令嬢、弟妹たちと遊ぶ

化粧品や冷蔵庫の件も落ち着いて、私の手を離れたので、私はしばらく自宅でゆっくりすることにした。なにせ、家族とゆっくり過ごせていない。

なにより、婚約破棄をされてから、はじめてゆっくりと遊べるようになった弟妹たちと、のんびり遊びたかったのだ。

そうと決まればと、自分の部屋から階下のリビングへと足を運ぶ。すると、ピアノを奏でる音が耳に入ってきた。

――この弾き方はお母さま。

優しい音色が館内に響き渡り、リビングの扉をそっと開けると、やはりそこにはピアノの前に座るお母さまの姿があった。

そして、弟妹のエルマーとアルマは、絨毯の上にたくさん重ねたふわふわのクッションの海の中で、寝そべりながらお母さまのピアノの演奏に聴き入っている。

ちなみに私が妃教育で修めた楽器もピアノだから、私もお母さまと同じように弾くことは可能だ。

「おかあさまの、えんそう、じょうじゅ」

「アルマも、おかあさまみたいに、ひきたいなぁ」

うっとりとした表情でお母さまがピアノを弾く姿に魅入られていた。

そんなふたりの横に、私も並んで寝そべる。

「「おねえたま」」

お母さまの演奏の邪魔にならないように、弟妹たちが小声で私に声をかけた。

「お母さま、素敵ね」

「「うん」」

「アルマも、あんなふうに、ピアノ、ひきたいなぁ」

うらやましそうな顔をしながらも、自分の手をグーパーして眺めてみている。不思議に思って私はアルマに尋ねてみた。

「どうしたの？」

「このあいだ、おかあさまと、おててと、おててをあわせたの」

「うん、それで？」

「アルマのて、おかあさまより、ぜんぜん、ちっさくて……」

「それは仕方がないわ、アルマはまだ子供なんだもの」

アルマを慰めながら、そういえば前世では、子供用玩具にミニピアノがあったなぁなんて思い出す。

「ねえ、おねえたま」

「うん、なぁに？」

「アルマは、おねえたまか、おかあさまくらいになるまで、ピアノはひけないの？」

しゅんとした顔で私に尋ねてきた。うう、可愛い！

「……そうねえ」

——お母さまのはグランドピアノよね。多分、同じ形じゃないと納得しないだろうなぁ。

だとしたら、あれをあのまんまミニサイズにしちゃえば良いんじゃないかしら？　鍵盤は二十鍵強あれば良いかしら？　そうしたら両手で弾く練習もできるわよね？

「……おねえたま、なにか、かんがえてる？」

じっと黙って考えていたら、それを見抜かれていた。

アルマがにぃっと嬉しそうに笑う。

「おねえたま、アルマに、ピアノ、つくってくれる？」

ああ、可愛いその笑顔。私はその笑顔に弱いのよ！

◆

こうして私のアルマのためのピアノ作りが始まった。

「当初考えていたとおり、白鍵は十五、黒鍵は十かなぁ、二オクターブもあれば良いもんね」

もうすでにいなくなったお母さまが弾いていたピアノの前で、そのピアノの蓋を開け、構造を見ながら考える。

「やっぱり、グランドピアノのように、上の蓋はあった方が良いわね。あとは、お母さまとアルマに協力してもらって、手の大きさを測らせてもらわなきゃ」

——それにしても、よくよく考えると、なんでピアノなんだろう？

私が疑問に思っているのは時代背景のことである。

一般的な中世や近世ヨーロッパだと、確かチェンバロからピアノへの過渡期のはず。モーツァルトが「神童」っていわれたのは、どっちだったのかしら。

王女さまのための練習曲のスカルラッティのソナタは、チェンバロ曲だし……。明らかに中世のものもあれば、近世のものもあって正直混乱してしまう。

やっぱりこの世界はごちゃまぜでよく分からないわ、と思いながら、私はいつものとおり、ただ順応するのである。

そうしてやがて、私が設計したデザインをエッドガルドさんに見せるべく、馬車で商会に赴いた。

「いやいや、わざわざ足をお運びいただいて恐縮です……」

本来なら立場的に我が家にエッドガルドさんが来るべきなのだが、本当に忙しいようで、それすらかなわなかったらしい。

「いえいえ。忙しい時期に見て欲しいとお願いしたのは私ですから。……お構いなく」

私がにっこり笑って返すと、エッドガルドさんが客室の扉を開けて私を先に入室させてくれ、そのあとに部屋に足を踏み入れて扉を閉めた。

部屋は対面で話せるようにソファふたつの間にテーブルがある。その片方ずつに私たちは向かい合って腰を下ろした。

「それで、アンネリーゼさまは、今度はなにをご所望で？」

商機、と見込んでいるのだろう。エッドガルドさんは早々に前のめりになって聞いてくる。

「子供用のピアノを作って欲しいんです。おもちゃの」

「おもちゃの、ですか？」

エッドガルドさんは首を傾げる。

「おもちゃ……で良いんですかね？　例えばバイオリンのように、比率で精巧に小型化したような、将来のための練習用のじゃなくて良いんですか？　ああでも、おもちゃってことは、あまり精度は気にせず、鍵盤の数も少なくて、ピアノを弾いている気分だけを楽しめるおもちゃとおっしゃりたいのですかね……？」

「……あ、そうか」

私はそこをアルマにリサーチするのを忘れていた。

お母さまのように弾けるように、レディの嗜みとして、早々にピアノに向き合いたいのか。

それとも、ただ、お母さまの真似をして遊びたいだけなのか……。

「うーん……。そこ、聞いてなかったわ」

私がそう素直に答えると、エッドガルドさんがガクッと肩を落とす。

「弱ったなぁ。そこが分からないと、全く材質もサイズも予算も変わるんで……」

「すみません……お忙しいところ、お時間割いてくださったのに……」

私は恐縮するばかりである。

「いえいえ。アルマちゃん……でしたっけ？　お嬢さまが欲しいものがはっきりしたら、また連絡をください」

そう言いながら、エッドガルドさんが扉を開けてくれる。そして、私は扉をくぐりながら、エッドガルドさんにこう語りかけた。

「アルマの欲しい、子供用のピアノの具体的な仕様を確認してからまた伺います」

と、すると。

「子供用ピアノ!?」

たまたま側にいた男性が、大きな声を出す。

「子供用のピアノがあるんですか!?」

その男性は、子供用サイズのバイオリンが入っていそうなケースを手に持っていた。

「いえ、作っていただこうかと、そんな発案を持ち込んでいたんですが……。もっと本格的なものじゃなくて良いのかという話になって、今回はいったん話を保留にしていたところなんです」

と、そこでエッドガルドさんが待ったを入れる。

「はい、すでにこれは我が商会で受け負っておりますので、特許申請、製造云々の横やりはご遠慮願いますよ?」

はい、しっかり商売人です。エッドガルドさん。

「いやいや、うちにそんな力はないよ。しがない音楽一家だからね」

そういって、小さなバイオリンケースを掲げて見せる。

「これは息子のなんだ。こちらでようやく息子にサイズがあうものを用立ててもらえたので、受け取りに来ていたんだよ。それにしても、来て良かったよ!」

「そうでしたか……って、え!?」

「子供用ピアノ、ぜひ開発してくださいよ! 私はふたりの娘のためにおもちゃの方も、本格的な練習用の方も両方欲しい! 完成のあかつきには、ぜひ、両方買わせていただきますので!」

……と、熱心に請われてしまった。

どうもよくよくお話を聞くとこちらの男性は、先ほど自己紹介があったとおり、とある貴族さまお抱えのバイオリン奏者なのだそうだ。そして、奥様はピアニスト。

夫婦の願いとして、長男、長女、次女と三人いる子供たちには、自分たちと同じように、それぞれ男の子にバイオリン、女の子にはピアノを嗜んでほしいと望んでいるらしい。

けれど、バイオリンは子供用のスケールのものがあるから良いものの、四歳の長女と、三歳の次女には大人用のピアノでは大きいしなにより鍵盤が重い。娘たちには少々酷だろうと、レッスンの開始時期を見合わせていたのだそうだ。

「だが、子供用ができるならぜひ娘たちに習い始めさせたい。あの子たちも、母親が弾いているのをみて、うずうずしているんだ」

それを聞いて、私は少し安心する。なにをかというと、ピアノを早いうちから習わせるのが親の押しつけだったらいやだったからだ。アルマのように、「おかあさんのように、ひきたい」のであれば、嫌という理由はない。

「エッドガルドさん……」

「……アンネリーゼさま」

「「作っちゃいましょうか！」」

……というわけで、両方のタイプを作ることで即決した。ちなみに、音楽家一家の男性はドイル氏。すでに三歳の娘さんのおもちゃのグランドピアノと、四歳の娘さんの子供レッスン用グランドピアノの予約契約を締結済みである。

……早い。

「あのねえ、エッドガルドさん。軽く、小さいスケールで作る方が難しいんですよ！」

「全くもう」と文句をいっているのは、今回楽器製作者に選ばれた技師。彼は怒りをエッドガルドさんにぶつける。

「そこをなんとか。子供たちがピアノを弾きたいと願っているんだよ」

「しょうがねえなあ」

子供が、といわれちゃ敵わない、とばかりに肩を落とし、工房に入っていった。

「うちはどうしようかしら……？」

「うちはと言いますと？」

「アルマ用に、どちらを買い求めようかと思って……」

すると、うーんと顎を手の平で撫でたあと、ポンッと手の平を拳で打つ。

「両方お持ち帰りになって、試していただいて、アルマさまの欲しい方をお買い求めになったら良いのでは？」

「良いの？」

「もちろんです」

そうして、トントン拍子に話は決まる。

◆

そういうわけで、お言葉に甘えて試作品を両方持って帰ってきた。

「ねえアルマ。こっちとこっち、どっちが良いかしら？」

「アルマ、おかあさまとおんなじ、いっぱいのが良い～！」

アルマは本格仕様の方がお好みだったらしい。

「アルマだけ、おねえたまからプレゼント、ずるいぃ～！」

おもちゃのピアノと子供用ピアノの両方が届いたその日、アルマとエルマーの大合唱が頭に響く。

「こらこら、エルマーにアルマ、落ち着いて」

私が止めるのも聞かず、すでに蓋を開けて、ポンポンとなにかの曲を弾き始める。

――ちょっと待ってアルマ、それ借り物なの～！

その横で、高音部でじゃんじゃんとエルマーがアルマの邪魔をする。あれです、小学校低学年が支配する、混乱する音楽室の様相です。

「もぉ、じゃま、しないでよぉ、エルマー」

「アルマだけ、ずるいもん～」

ぷぅ、と頬をふくらませるエルマー。

そんなエルマーの正面に回って、私は彼と彼の目の高さを合うようしゃがみ込む。

「アルマだけ、ずるい？」

「うん」

ぐず、と鼻に涙声の混じった声で答えるエルマー。

「アルマだけ、だからなのかな？　エルマーも、ピアノが欲しいの？」

「……ううん」

すると、意外にもふるふると首を横に振る。

「アルマだけ、がっき、もらえて、ずるい、っておもったの」

「そっかぁ」

私は、目に涙が滲んできたエルマーを抱きかかえ、そしてその背を優しくぽんぽんする。

「エルマーはなにが欲しかったのかな？」

そう聞くと、ガバッ！とくっつけていた身体を離して、エルマーが目をまん丸にして私を見つめる。

「ボクも、良いの？」

「もちろんよ」

――いろんなものの権利金でお金があるから、多分約束を破ることにはならない……よね？

私は、よしよし、とエルマーの幼児特有の細い髪を梳きながら、「ゆっくりで良いよ、なにが欲しいの？」と囁きかける。

「……バイオリン」

「え……？」

「おとうさまの、バイオリン。おかあさまの、ピアノ。とってもすてき」

「うん、とってもすてき」

そこに、アルマが声を合わせてくる。

「アルマはピアノを」「エルマーはバイオリンを」

「「おとうさまと、おかあさまの、けっこんきねんびに、きかせてあげたいの」」

その願いを聞いて私は感動する。

なんて素敵な双子たちなんだろう。そう思うと胸がいっぱいになって、ふたりまとめてぎゅっと抱きしめた。

「ふたりの願いはお姉さまが叶えてあげる。ピアノもバイオリンも買ってあげるわ」

抱きしめながら約束する。

それは三人の約束。

その約束が敵うのは何年後になるのだろう？

三年後？　二年後？　それとも一年でできちゃう？
今日もうちのリビングにはたどたどしい演奏の音がする。
私は、新しい発明とともに、新しい約束と夢を作ったのだった。

第九章　令嬢、弟妹と菓子を作る

冷蔵庫の発明で、食糧事情が良くなってくると、今度はもっと良い環境が恋しくなる。

――人間って貪欲。

甘いものが食べたーい！

この世界、甘いものがない。正確にはないわけではないけれど、高すぎて手に入らない。

前は王太子の婚約者という立場があったから、たまには体型を崩さない程度に食べることはできたものの……。

しかし我が家はいまやしがない男爵家。高価な砂糖など買うことは滅多なことではできないのである。

――でも、エルマーやアルマに、美味しいお菓子を作ってあげたいよね。

前世ではお菓子作り好きだったなぁと思い出す。クッキーにパウンドケーキ、チーズケーキに、夏場ならゼリーも良いよね。

うーんでも、砂糖って確か、前世ではいろんなものから作られていたよね？　サトウキビから作られる、いわゆるきび砂糖とか、甜菜から作られる甜菜糖とか。

というわけで、そういうときはエッドガルドさん。家に呼んじゃいました。

「砂糖……ですか？」

「そうなの。弟や妹たちに、甘くて美味しいお菓子を気軽に食べさせてあげたくて、砂糖ってなにからできているのかしら、とか、それに替わるものってないのかしら、って考えたのよ」

すると、エッドガルドさんは「なるほど……」と感心した様子で頷いていた。

どうしたのだろうと尋ねてみると、エッドガルドさん曰く「思考停止してました」なのだそうです。

「砂糖は高いもの。だから仕方がない、そう思ってましたよ。商人なのにダメですねぇ」

そう言いながらエッドガルドさんが後頭部をかく。

「ちなみに今普及している砂糖って、どんなものが原料なの？」

そう尋ねてみたら、「バウムガルデンの南部で採れる、キビを原料としたキビ砂糖です」とのこと。

うーん。バウムガルデンだけだと、それは輸入品だから、余計に高くなるわよね……。

「蜂蜜も、採取が難しいから高価だしね……」

「そうなんですよねえ……」

「この国にはメープルシロップってないの？」

「ああ、あれも高いですよ。ハイデンベルグの北部でしか生えていない樹木から採取するので、結局我が国では輸入品扱いですねぇ……」

「甜菜ってないの？」

「テンサイってなんでしょう？」

——おっと、危ない。ないのね。じゃあちょっと話を作ってっと……。

「前にバウムガルデンにいたときに、甜菜っていうこういう白い根菜から、甘い汁が取れて、それを煮詰めると砂糖になるっていうのを読んだのよね……。それがね、北部の寒い山間地帯でも採れるって書いてあったから、デラスランドの山間地でも栽培できないかなぁって思って」

「うーん。聞いたこともありませんが、もしかしたら博識なアンネリーゼさまのこと。古い古文書かなにかの記述だったのかもしれませんね……」

「そ、そうかも……」

——よ、よかった。良い方に取ってくれたみたいだわ。

「ちなみに良かったらもっと詳しい情報を教えてくださいませんか？　そうしたら、ちょっと似ている作物をあたってみますよ。あ、いや。まだ作物として扱われていない植物の方が良いのかな……」

商人魂に火が付いたのか、エッドガルドさんがやる気になったみたい。

「ええと、ダイコンのような、カブのような、こういう葉が茂っていて根が白くて丸くなる白い根菜よ」

「……随分詳しく書いてあったんですね。それは存在していると書いてあった記述の信憑性は高いですね」

――う、なかったらどうしよう。

なんて心配は無用でした！　ありました！　甜菜！　まんま甜菜でした！

見つけてきてくれたエッドガルドさんの人脈なのかしら、捜索力なのかしら？　どっちにしても凄いわ！

「いくつか候補があって、汁を搾って煮詰めてみたんですね。そしたら、これが綺麗な砂糖になりまして」

そういって、甜菜を見せてくれる。ちなみに、まだ一般的に名前は付けられていない植物なのだそうだ。

「名前はどうしましょう？」

「うーん。書物にあったとおり、甜菜っていうのはどうかしら？」

「ええ、覚えやすくて良いでしょう」

エッドガルドさんが命名を気に入ってくれたから良しとしましょう。

そうして、とある地方で大量に自然繁殖していたものを、寒い山間地の畑に持ってきて、試しに農家たちに育ててみたら、見事に育ち、種もたっぷりと採れた。

次に、その種と、自生していたものの種の両方を撒いて、かなり広めに畑を作ってみた。山間地なので、段々畑のような見た目に開墾された地区が広がって壮大だった。

また嬉しいことに、繁殖力が凄く、数ヶ月で育ち、種を付け、涼しければ栽培可能なのだ。豊かに実った甜菜は、あっという間にデラスランド公国のみなが甜菜糖を口にすることができるようになるどころか、輸出も可能な量にまで生産量が増えていた。

そうして我が家では私とお母さまと、エルマーとアルマで、型抜きクッキー作りを楽しんでいた。

型抜きの型があるのかって？

もちろん、エッドガルドさんに作ってもらいました！

「ボクはクマさん～」

「わたしは、ウサギさん～」

エルマーとアルマが、それぞれ動物型の型抜きの中から好きなものを選んでいく。

「私はネコかしら？」

私はネコの形の型抜きを選ぶ。

「じゃあ、お母さまはイヌにしましょう」

そうして各々思うままにクッキー生地を型で抜いていく。

そうしてオーブンでクッキーを焼くと、部屋中にあまぁい匂いがただよってきた。チンッと音がして、オーブンが焼き上がりを知らせると、お母さまがエルマーとアルマが届かない高さの台に、まだ熱いクッキーをオーブン用のトレーごと置いて冷ます。

「あの子たちがお菓子を食べられるのも、あなたのおかげね。……ありがとう」

お母さまが私の頭を撫でる。そうして子供のようにされるのは、王宮に召し上げられて以来なかったことだったので、なんだか懐かしく、くすぐったく感じてしまう。

「なにを笑っているの？」

お母さまが尋ねる。

「ううん。なんにも」

私は、ふるふると首を振って答えた。

「変な子ね」

お母さまもクスリと笑う。

そうして、やがてクッキーが冷めたんじゃないか、もう食べたいとエルマーとアルマが騒ぎ出す。

「じゃあ、みんなでクッキーと一緒にお茶にしましょうか」

お母さまの声を合図に、双子たちが合唱する。

「「やったぁ！」」

私は幸せな空間にいられる今を、とても大切に思うのだった。

幕間④　愚者の転落

「なに？　輸出額に比べて輸入額が高い？　それもあの学園都市と農業しか取り柄のないデラスランド公国相手に？」

バウムガルデン王国では、財務大臣から報告を受けた女王アレクサンドラが眉をつり上げていた。

「はっ、そ、それが最近かの国の新しい商品の開発がめざましく……。まずは、砂糖です。『甜菜糖』という新しい砂糖を発見したようで、我が国より安価な『甜菜糖』の方が良く使われるようになっており、輸出量が減っております。また、子供用の本にあたる『絵本』、化粧品に『冷蔵庫』……」

「『冷蔵庫』？　それはなんだ」

「はっ」と頭を下げながら財務大臣が頭を下げる。

「最近、料理が美味しくなったのはお気付きでしょうか……？」

「ああ、料理長が替わったのかと思っていたが、違うのか？」

「はい。デラスランド公国で新しい食品の保存庫、『冷蔵庫』が開発されまして、我が国にも輸出されてきているのです。その保存庫の性能がとても良く、冷凍して保存する機能を使えば生の肉を一ヶ月もたせたりするのです……！　それを聞いた料理長が、ぜひ、女王陛下にはこれを用いて保存した食材で作った料理を食べていただきたいと願い出まして……。財務大臣として私が許可した次第でございます」

「……なるほど。食べ物が美味しくなるのはわたくしもやぶさかではないから、それは不問にいたそう。それで、まだ他にあるのか？」

「女王陛下におかれましては、最近、入浴や洗顔後に、『化粧水』を使っていただいているかと思われますが……」

「あれもそうなのか？」

　財務大臣が頷く。

「はい。王配殿下が、これで女王陛下の玉の肌の美しさが保てるなら惜しくないと、いくらでも買えと……。それに、貴族から裕福な商人まで輸入品を買い求めておりまして……」

「……エドワルドが……私の肌を……。ん……なら、しかたがない、か……」

　コホン、と咳払いをしながら、白い頬を朱に染めてアレクサンドラ女王が頷く。

「あとはなんだ。ピアノの神童と呼ばれる才媛が現れたそうじゃないか！　各貴族たちがあの少女をあちこちの社交界のパーティーに呼んでいると聞く。あれは確かデラスランド公国の出身だったか？」

「はい。デラスランド公国の有名な芸術家一家の娘にございます。貴族たちは、彼女を呼ぶのにもまた、たくさんの金を払っているとか……」

はあぁ、と、アレクサンドラ女王は大きなため息をつく。

「それら全ての発明のもととなったのは、かのバーデン卿の娘御のアンネリーゼさまの発案なのだそうでして……」

「なに？」

「その、ピアノの神童の少女も、アンネリーゼさまが発案したピアノがなければ才能を発揮することはできなかったと明言しているのだそうです」

「…………」

「…………」

そこまで聞いて、沈黙が部屋を支配する。

「あと他にもご相談ごとがございまして……」

「なんだ！」

「王太子殿下と、その婚約者サラサさまの出費が経費の範囲を大幅に超えておりまして……」

「……ああ、それだ」

アレクサンドラ女王が赤い唇をにぃっと笑みの形にした。

「家族を揃えよ！」

◆

そうして集められたのは王配エドワルド、カール第二王子、エリアス第三王子、ビアンカ第一王女、そしてアレクサンドラ女王の五人である。

王太子カインの姿は室内にはなかった。

「……カインを廃嫡する」

アレクサンドラ女王のその言葉を皮切りに家族会議は始まった。

「え？　それはどういうことです？」

カインがダメなら次に王太子になるであろう、カール第二王子が困惑した様子で女王に問いかける。それに対して、違う違うと手を振って女王が応えた。

「そなたは、かの軍事大国ハイデンベルグと領土を接する辺境伯の長女と婚約が決まっておるであろう。アレも重要だ」

チェスの駒のように、そうあれこれと婚約者を変えられるのも、される側としては心が追いつくものでもない。既存の婚約に変更がないことを聞いて、カール第二王子はほっと胸を撫で下ろす。

「ではお母さま、他に誰が……」

ビアンカ第一王女が口にすると、全員の視線がエリアス第三王子に集中する。

「え……私、ですか？」

エリアス第三王子は、第三王子とはいっても、カール第二王子と双子の兄弟であるので、同い年の十六歳である。

「……王太子となって、アンネリーゼと婚約してもらう。カインが王太子であることが重要なのではなく、アンネリーゼが王太子の妃になることが我が国にとっては重要なのだ。知性、品性、心根。全てが将来の王妃にふさわしい人材だ」

「……え⁉」

家族全員（カイン除く）絶句である。

「あの娘こそ国母にふさわしい」

「…………」

指名されたエリアス第三王子も困惑している。兄を押しのけて立太子しろとの命に重ねて、国を出たアンネリーゼを取り戻せという無茶振りだ。

「そんな無茶振り……」

「無茶か？」

「無茶です」

母の問いに息子が答える。

「では言い方を変えよう。……嫌か？」

「…………」

その問いには、エリアス第三王子はすぐには答えられなかった。

◆

「おねえさま！」

幼い少年が、王宮の庭で少女を待ち受ける。

「こんにちは、王子さま。また会いましたね」

笑顔で答えるのは、少年のふたつくらい年上の少女。母親が姉妹同士、かつ少女が王子たちと年が近かったこともあったので、少女はよく王宮に呼ばれていた。

「はい、おねえさま。きょうは、はなかんむりを、つくったの。……おねえさまのために」

王宮の花園で、少年が手作りした花冠を少女に手渡す。

「まあ、ありがとう！」

そういって、少女は花冠を受け取った。その花冠の香りを楽しんで嬉しそうだ。

「そうだ！　私の頭に飾ってくれるかしら？」

すると、少女は身長に無理がないように軽くしゃがんで頭を下げる。そして、花冠は少女から少年に手渡される。

「……ほら、花冠のお姫様ね」

頭に載せられた花冠にそっと触れてから、少女がドレスの裾を翻しながらくるりと回った。

少年はそれを見て、まるで彼女は花の妖精のようだと思った。

それが、自分の初恋だったと知ったのは、エリアスが四歳のときだった。

兄の王太子カインと、アンネリーゼ、例の少女が婚約したのだ。兄の横に並ばされたあの「おねえさま」がアンネリーゼだったと、初めて知ったのだった。

――初恋は、自覚すると同時に失った。

失恋だった。

◆

「どうだ？　エリアス。嫌か？」

「……いいえ」

その場にいた全員がエリアス第三王子を凝視する。

「……そのお役目、しかと承らせていただきます」

覚悟を決めた瞳で、エリアス第三王子が頷いた。

「よくぞ言った」

アレクサンドラ女王は満足げに笑った。

エリアス第三王子はチラリとアレクサンドラ女王を横目で見る。

そっと伺い見ながら、憎々しげに思う。

――どうせ知っていたんだろう。私の想いなんて。

悔しいけれども、最大のチャンスがやってきた。確かに、まともな理由もないのに婚約破棄をするなどと、分は悪い。だが、誠心誠意謝り、そして、子供の頃からの想いを懇切丁寧に伝えれば――。

エリアス第三王子がそんなことを考えていると、ニヤリ、と赤い唇が笑う。

「手土産を、用意してやろう」

赤の女王が動いたのだ。

◆

「私に、軍事大国ハイデンベルグとの辺境での戦いに赴けとはどういうことですか！」

まだ廃嫡を宣言されていない王太子カインが叫ぶ。

腰巾着のように彼にくっついているサラサは、「ハイデンベルグ」と聞いて顔を青くしていた。

王太子カインルートでも、ハーレムルートでも、バッドエンドのフラグを踏むと、王太子カインは廃嫡され、「ハイデンベルグ」との国境の戦場に送られる。そこは勝利も敗北もない永遠の戦場。死のバッドエンドだ。当然彼は帰ってこない。

——なにを間違えたの？　ゲームの攻略方法のとおりに全部フラグ管理やったはずだし、全部全部間違えていない。あの悪役令嬢《アンネリーゼ》だってちょっと状況は違うみたいだけれど、上手く排除できたじゃない！

サラサは混乱していた。

——なにも私は間違えてない。私は攻略本のとおりにやったはず。なにも間違ってない。なにも違ってなんか……！


——あ、ヤっちゃったんじゃん！


イレギュラーだとしたら、王太子カインと、サラサとの間にできた子供の存在である。

——でも、いくら冷徹らしい女王陛下だろうと、あの人からしたら私の子は初孫でしょ……！　その父親に死んでこいみたいな発言あり得ない……！

サラサは勘違いしていた。以前、女王と枢機卿にいわれていたにもかかわらず、だ。

「女王陛下！　発言をお許しください！」

サラサにしては、少し学んだのかへり下って発言を許されるのを待つ。

対して女王は、嫌そうに眉根を寄せたが、しばらくしてから、「許す」と一言答えた。

「女王陛下、お忘れでしょうか？　私のこのお腹の中には、尊き王太子殿下のお子がおります」

「ふむ。そうらしいな」

サラサの訴えに、まるで第三者の興味なき事柄のように相づちを打つアレクサンドラ女王。

「そうだな。ならばひとつ、課題を出そう。……ふたり揃って、いや」

言葉を切って、女王がニヤリと笑う。

「三人揃って戦地に赴き、勝利を挙げてこい。そなた、聖女ならば癒やしの光の力で戦場の状況を変えることもできるであろう。それまで帰ってくるな。その間、王太子は第三王子エリアスとする」

「な……！」

「お腹には、子が……！」

「枢機卿も言っていたはず。王太子の妃となるにはそのときに純潔であることが必須。そなたも王太子の花嫁としての条件をすでに失っているし、その腹の子は永遠に誰の子でもない庶子にすぎないのだよ。だが、彼の戦を勝利に導いたらどうだ？　新たなる聖女、新たなる聖女の子として認めんこともない」

「……そん、な……」

ガクリ、とサラサが床に崩れ落ちる。

「だったら！　だったら、私は戦場になんて行きません！」

「なっ」

今度は愕然とした顔でカインがサラサを見下ろす。

「一緒に死んでたまるもんですか！」

「――はっ」

愉快そうに赤の女王が笑った。

「最後の慈悲だったのに、のう。もし『ともに行く』といえば、考え直さなくもなかったのに」

赤の女王がもう用は済んだと視線を王配エドワルドに移し、手を差し出す。

「行くぞ」

「はい」

王配エドワルドが掴んだ手で、彼を引っ張ると、彼の身体のバランスが崩れ、アレクサンドラ女王に覆い被さる形になる。

「………」

見せつけるように口づけたあと、赤の女王は王配エドワルドとともに部屋をあとにし、残されるのは、カイン第一王子とサラサだけだった。

第十章　令嬢、病院を建てる

「うーん……」

私は暇であった。

令嬢としては行儀悪く、ベッドにゴロンと転がり、天井を仰ぎ見る。

絵本を教会の学び舎に寄付する件は、公主閣下に喜んで受け入れていただいた。その噂が元で、貴族や裕福な商人たちもこぞって買い求めるようになる。それから、製本に至るまでの一連の作業に携わる人々の募集から選抜、作業の流れについては、商人のエッドガルドさんにテキパキと決めてもらえた。

ソロバン、電卓もそう。

最初こそ、ある程度の数が必要ということもあって、技師さんたちには優先的に仕事をしてもらったけれど、もうその段階は終わっていた。だから、これ、といった仕事がない仕事の合間に作っては、商品として置いているのだそうだ。

なんでも、電卓の使い方を学問に取り入れるかどうかでもめているそう。

計算器具のソロバン、そして魔道具の電卓はすっかり画期的な道具として受け入れられていた。

そして、化粧品についても同じような様子だ。

花の咲く季節から冬場までに、オイルの素になる花々やハーブを摘んでおいて貯蔵し、野良仕事のない冬場に、農家の人たちで化粧品作りをすることになったのだそうだ。

男性などは、出稼ぎに行かざるをえなかったけれど、家族で化粧品作りをして冬場のお金稼ぎをしているらしい。

そして、冷蔵庫。

これが、画期的な魔道具として上は王族貴族から、裕福な商家へと普及した。その工賃は、職にあぶれている、技師や魔道具師たちの賃金になる。

甜菜糖は収入の少なかった農民たちの収入を大幅に上げ、税収も押し上げた。

することなすことの采配が素晴らしい。

おそるべし、商会長の人脈、そして、その手腕。

そんなこんなで、すっかり絵本もソロバンも、電卓も、化粧品も、冷蔵庫、甜菜糖すら全て私の手を離れ、私にはお金と暇な時間が入ってくるばかり。

「そういえば公国に来たばかりの頃見た貧民区って酷かったよね……」

教会の周囲は悪臭が漂い、子供や貧しい身なりの大人が路上にうずくまったりしていた。

――そういえば、セーフティネットとかいってお金も教会に寄付しているけれど、不足はないのかしら？

お金だけばらまいても、必要なものがなければ、機能しない。

私は、何事もこうと決めると気が急くたちだ。すぐにマリアを呼んだ。

「マリア！　マリア！」

「はい、こちらに！」

マリアが廊下を走ってくる。

「マリア、もう一度貧困区にいくわ。馬車を用意してちょうだい」

「……また、ですか？　危なくありませんか？」

マリアが気が咎めるような顔をして尋ねてきた。

「貧困区、といっても、例の寄付をしている教会に行きたいのよ」

「ああ、あちらでしたか。でしたらお知り合いですし、町歩きをするわけでもないので安心ですね」

少しほっとしたような顔をするマリア。

「じゃあ、よろしくね」

マリアは馬車の手配を部屋の外の廊下の手近なところにいた使用人に頼むと、私の着替えを手伝ってくれた。なるべく地味な服、それがふさわしいだろう、と思ったから。

私の行動は早かった。半刻もしないうちに馬車を用意させ、家を出る。もちろん、貧困区に行くなどといったら、お母さまに止められてしまうからなのだけれど。

「あ、見えてきたわね」

相変わらず街の様子はすさんでいる。道にうずくまっているものもいる。

「……なにが足りないというのかしら……？」

炊き出しは、あの寄付の額で十分なはず。

「馬車を止めて」

私の言葉に、御者が馬を止める。マリアがしまったという顔をするけれど、私は気にせず扉を開けて街に降りた。すると、すぐ目の前に若者が道の端でうずくまって座っていた。

——臭い。

正直、かなり臭う。多分数日どころか、ひと月は風呂はおろか、衣類も洗ってはいないのだろう。

「あの、教会でご飯はもらえているの？」

青年は顔を胡乱《うろん》げに上げて、私をじろっと見る。

「もらってるさ。もらって、生きてる。ただ、それだけだ。お貴族のお嬢さまが俺になんの用だ」

いらだたしげに眉間に皺を寄せる。襲われやしないかとマリアが一緒に降りてきて、横ではらはらしているが、青年はそこまでの元気はないらしい。

「確かに飯は教会が炊きだししてくれてる。……でも、もうすぐ冬だ。俺たちには家もない。どうせ夜に寝ている間に死んじまうのさ」

やけっぱちな様子で言い捨てる様子に、やっと私は気がついた。

あ、そうか……。

セーフティネットなんていってお金だけ寄付して満足してた。それじゃダメなんだ。

衣、食、住が満足であること。それが人々の生活の安定に繋がるんだ。それに、あれね。前世の生活保護なんかじゃ、病院にも無料でかかれていたはずだから、そういった人のための病院も必要！

衣服は、お金を得られるようになれば買えるわ。あったじゃない、ハローワークが。職業訓練に、職業斡旋。そして、無事に職に就ければ、衣、食、住を自分でまかなえるようになるはず！

そして、それがまだできない人。身体が不自由で働けない人、子供たち。

子供たちは、教会の保護施設を拡充するとともに、職員さんを確保すれば良いわ。

大人で働けない人は、生活保護対象にする。もちろん、その資金は私の貯めている、そしてこれからも入ってくるであろうお金を充てる。

生活保護を受けている人に、住宅と、最低限暮らせる程度のお金を定期的に給付する。家の斡旋も大切ね。もしかしたら、専用住宅を建てる必要があるかもしれない。

職業訓練と職業の斡旋はエッドガルドさんに相談してみよう。私が発明した品々で、人材の確保は必要なはず。だから、教育と職業斡旋をかねた施設を設ける。

そして、お金がない人でも受けられる病院を貧困区に建てる。

——これで、案はかたまった気がする。

◆

「『生活保護⁉』」

私の案と、はじめて聞く言葉に、お父さまと公爵閣下が驚いた声をあげた。

「……しかも、その資金は君が得た収入を充てるだなんて……」

眉を下げて、公爵閣下が首を振る。

「恥ずかしいよ、アンネリーゼ。それは私がすべき仕事だ。だが、まだ十分に国庫が潤っていないのも実情だ」

「良いんです。私がやりたいんです」

そう言って、私は公爵閣下ににっこりと笑いかける。

「気に病まないでください。使い道のないお金です。私はこのお金で服を買ったり、宝石を買ったりしたいなどとは思わないのです。……使い道がないのであれば、使う場所を見つける。

それだけのことですわ」

そう訴えると、公爵閣下の表情が和らいだ。

「……君は救国の女神かい？　私にはまさにそう見えるよ。その上、誰もが考えもつかない発想をする。知性を兼ねた女神だ」

するると、公爵閣下が、私の前で跪いた。そして、私の片手を取る。

「……思い出してくれ、アンネリーゼ。女王の庭で会った日のこと。あの日、私は君に恋をした。そして、君がこの国にやってきて、もう一度恋をしたんだ」

「恋⁉」

急な展開に私はうろたえる。

「閣下、お立ちください」

「いいや、立たない。アンネリーゼ、私の女神。あなたにもう一度恋をする権利をくれないか」

そういって、公爵閣下が私を見上げた。澄んだ灰色の瞳の中に、私が映る。

「あ、あの、生活保護のお話を……」

私は、どうしたら良いか困って、話題を戻そうとする。

「もちろん許すよ。でも、それは少しずつ国の事業にさせてもらいたい。……その話も、おいおい君とゆっくり話をさせてほしい」

「……はい、もちろんです」

生活保護などの機能は、本来個人ではなく国の機能であった方が良い。私がいなくなっても、その遺産を継いだ人が私の意思を継いでくれるとは限らないのだから。

「ところで、アンネリーゼ。話を元に戻すが……」

――あっ、やっぱり戻る⁉

「君にとっては急な話で戸惑っているだろう。だが、私はもともと君を妻に欲しいと思っていた」

「……え……」

私にとっては急な話に私は言葉も出ない。

「あちらの国で婚約破棄をされて君たち一家は私を頼ってこの国に来たよね。そのときから、私は君を妻に欲しいと思っていた」

「……そんな、前から……」

婚約破棄されて国を移って落ち着くまでに約一ヶ月。絵本を作ったり、ソロバンや電卓を商品にしたり、化粧品を作ったり、冷蔵庫を作ってそれが周辺国まで輸出されるようになったり。子供用ピアノも、簡易版と本格版の両方とも売れ行きは好調だ。

なんだかんだと色々なことに首を突っ込んで、一年は経とうとしていた。

だから、そんなに前からの想いだといわれると、心が揺れ動きそうになった。

「急がなくても良いんだ。時間をくれないか。君を口説く時間を……ね？」

そうして、手を取られた方の手の甲に、柔らかな口づけを受けた。
唇は柔らかく、熱を帯びていた。
私は、彼のその行為に、羞恥以外の喜びを確かに胸に感じていた。

第十一章　令嬢と恋模様

「全く、横でみていてヒヤヒヤしたよ」

自宅に帰ってきた、お父さまの第一声がこれだ。

「確かにあなたはもう十分に結婚しても良い年頃を過ぎているわよ？　というか、婚約破棄されたタイミングが悪かったってくらいに十分に婚期ね」

お母さまは前向きなようだ。

「でも、公主が私を見初めたと言っても子供の頃の話だし……」

「公爵閣下は、アンヌがこの国に来ると決まったときから心に決めていたと言っていたじゃないか」

お父さまもこの申し入れに前向きのようだ。

「昔、アレクサンドラのパーティーで、デラスランド公国の公子とお会いしたでしょう？　当時の公子殿下は寂しかったと思うわ。そこに、アレクサンドラがアンヌを差し向けた。きっと公子殿下は嬉しかったと思うわ」

お母さまの言葉を聞きながら、この国に来るときに、その小さな頃の記憶を思い出したことがよみがえる。

お母さまがにっこり笑う。

「『バーデンの青い宝石』、そうアレクサンドラが名付けた日のこと。あのときの少年が、公爵閣下だもの」

そんなとき、マリアが小さな花束と小箱を持ってやってきた。

「アンネリーゼさまに、公爵閣下からの贈り物が届いていますす」

恭しく渡される。

――プレゼントって、さっき会ったばかりじゃない！

「まださっき会ったばかりなのに……」

私はそう呟くと、お母さまがにっこり笑った。

「前々から用意していて、タイミングを図っていたんじゃないの？」

私は頷いて、まずは花束を見る。希少な青いバラとかすみ草の花束だ。きっと、私の髪色と瞳の色に合わせてくれたのだろう。花束には、小さなカードが刺さっていた。

「わぁ、綺麗……」

それは、アクアマリンの連なったネックレスと、イヤリングのセットだった。アクアマリンは、屋内での光によく映えるので、女性に好まれる宝石のひとつだった。これもきっと私の瞳の色にちなんでいる……。

「……素敵。こんなネックレスにイヤリング、急に用立てなんてできないわよね」

もちろん既製品だってある。けれどそういったものはわりあいそれなりにサイズに締まりがない。あくまで、吊り下げ品なのである。でも、私に贈られた品はまさに私にぴったりの品だった。

次に、花束に刺されていたカードを見る。

『幼き日に、私を喜ばせてくれた君に』

きっとあの日、まだ幼かった公爵閣下は、外国語を話す大人ばかりに囲まれて、心細かったに違いないわ。そこに現れたデラスランド語を話す私が癒やしになったのね。

少しずつ、またあの日の思い出がよみがえってくる。

私は、贈り物を胸に抱いた。

「お話をお受けするのかい？」

お父さまが尋ねてくる。

そんなとき、扉が開く音がした。そこに立っていたのは我が家の執事長のレオナルドだった。

「お集まりのところ申し訳ございません。急を要すということで、バウムガルデン王国から早馬が到着しております。封書はこちらです」

「いまさら、バウムガルデンから⁉」

お父さまが眉間に皺を寄せながら、その封書を受け取る。封書は二通。一通がお父さま宛て、一通は私宛て？

「え？　どうして私にアレクサンドラ女王陛下から手紙が届くの……？　って、あ。違う……」

それは、エリアス第三王子殿下からの手紙だった。

「……子供の頃から好きでした……？　よく一緒に遊んでくれた『おねえさま』が好きでした。兄上と婚約が決まったから、心にしまっていましたって……」

私はうろたえる。なぜ立て続けにこんなに婚約の申し入れがあるのだろう。

――しかもどっちも似たようなシチュエーション！

って、自分で突っ込んでいる場合じゃないのよ。混乱して頭がどうにかなりそうよ！

「王太子妃はアンネリーゼと決めているっていうのは光栄だけれどね。その伴侶があっちがダメならこっちって、私の娘はモノじゃないんだ！」

お父さまの封書はアレクサンドラ女王殿下からのものだったらしい。お父さまが中身を見て憤慨していた。

「自分が王太子になるから、その婚約者になってほしいって……。戻ってきてほしいって……。でも私、エリアス殿下のことは弟のようにしか思えない……」

「弟としてしか思えないならそう答えたら良い！　本当にお前を大切に思っているなら、それ以上の無理強いはしないはずだ」

お父さまはそう言うけれど……。

「おねえたま？」

「おねえたま、だいじょぶ……？」

部屋の中の喧噪に、幼い双子たちがおびえながらも私を思いやってくれた。

「エルマーにアルマ、ありがとう」

私は双子たちをぎゅっと抱きしめる。感謝の気持ちを込めるのと同時に、彼らの優しい温もりが私の心を癒やしてくれた。

そして、ようやくどうしたいのか心が決まる。

私はひとつ深い深呼吸をしてから、口を開いた。

「私、少し考えたいです。……公爵閣下のことも、エリアス第三王子殿下のことも……」


そうして、双方に「少し考えさせて欲しい」と返事をしてから大分経った。

何事もなかったかのように、セーフティネット、生活保護政策の立ち上げは進んで行く。職業訓練や、その後の就業支援については、人手が足りないエッドガルドさんも大歓迎のようで、諸手を挙げて受け入れてくれた。人員も含めて対応してくれるらしい。私の発明品を取り扱っていることや、この案件のせいもあってか、エッドガルド商会は大分規模が大きくなったように思う。

さらに、住むところのない人の住居、病院の建設、医師の配属については、公爵閣下が斡旋してくださった。こういうことについては何事もなかったかのように接してくれる。

私は、日々、エッドガルド商会、公爵閣下のおられる城に足繁く通い、忙しさに忙殺されることによって、あの問題を見て見ぬふりをしようとしていた――。

◆

「アンネリーゼ男爵令嬢、ね……」

ひとり遊学のためと称してデラスランド公国に残ったハイデンベルグ王国の王弟マルク・ハイデンベルグは、陰に日向にアンネリーゼの様子をうかがっていた。いや、むしろ、日々彼女の動向をうかがっていた。

「そもそも王太子の婚約者だったため、妃教育は履修済み、容姿に加え語学も堪能で『バーデンの青い宝石』と謳われるほど。デラスランドに移って自由になってからは、その知性を発揮して、様々な発明品を開発し、私財を蓄える。それに飽き足らず、その私財は国の恵まれない民のための救済システムを構築するために使う……完璧だ。完璧すぎるほどの逸材だ」

ニヤリ、とひとり笑う。眼鏡をクイ、と上げてこう呟いた。

「……私の妃にぴったりだ。兄上にも報告するか」

◆

一方バウムガルデン王国では。

「未来の義弟として接してきたから、まだ異性として認識できない……ってッ！」

ぐしゃりと返ってきた封書を握り潰す。もとからの穏やかな性格に似合わず感情を高ぶらせて、姿見の前に立つ。

「弟としてしか見えないなら、男として見えるように、する……！」

まだ幼さが残る一因のひとつ、ひとつに結っていた髪を掴み、ナイフを取り出すと、バサリ、と髪を切り落とした。

「私は、デラスランド公国に花嫁を迎えに行く！」

エリアスはそう宣言した。

◆

「随分、建設の方も進みましたね」

今日はちょうど病院の建設状況を見に視察に行ったところだった。概ねの施設は整い、あとは一緒に来てもらった医師たちに不足はないか尋ねたりと、忙しくも充実した一日だった。

「では私はこれで失礼しようと思います」

「今日はもう遅い。警備のものもつけて、送ろうか？　……他意はないよ？」

例の求婚のことをさしているのだろう。くすりと笑って冗談っぽく言うことで私の心を軽くしてくれる。

「大丈夫ですよ。我が家の馬車も待っていることですし……」

「そうかい？　じゃあ、私はここで見送るとしよう。ああ、そうだ。美しい髪飾りを作らせたから、つけて帰ってくれないか？」

「えっ。そんな、勿体ないです……」

私は、度々の贈り物に恐縮する。

「言ったろう？　『君を口説く』って。……まあ、もので君の気持ちを変えられるとは思っていないけどね？」

そういって、私の髪の横に簪《かんざし》を差し込んでくれる。一歩近づいた公爵閣下の背が高く、私は見上げる形になる。

黒い髪がりりしく、長い睫毛が縁取る灰色の瞳が知性を感じさせて、私は触れられそうな距離の耳朶が熱くなるのを感じた。

——きっと、女性たちのほとんどが公爵閣下を一目見たら恋しているはず。

公爵閣下は素敵な方だ。その上にこの国の公主という肩書きもある。まだ、未婚だというのが不思議なくらいの方だ。

「ほら、こっち。姿見があるからこっちに来て」

優しく私の両肩に触れる。その手は私のものよりも大きく熱い。そして、節くれ立って固かった。

姿見に、私と、その背後に立つ公爵閣下が映る。髪飾りは最初に送ってくれた首飾りと合わせられるようにしてくれたのだろうか。花をかたどったアクアマリンが美しい逸品だった。

「良かった。似合っているよ。君の瞳の色とそっくりだ」

公主閣下が耳元に顔を寄せ、囁きかけると柔らかな声と吐息が耳をくすぐる。

その声と吐息と、ふたりが姿見に映っていることが私を意識させる。

——私は閣下とお似合いだろうか。

ふとそんなことを思う。それを恐る恐る尋ねようと思ったとき——。

「アンネリーゼさま、バウムガルデン王国より使者がいらっしゃっているそうです。至急お戻り願いたいと、ご実家からの伝言です」

「……あ」

戸惑っていた間《ま》に、問いかけるタイミングを逸してしまった。

「わ、分かったわ。……今、戻ります」

互いに名残惜しげに、目と目を交わす。

そして、私は部屋をあとにした。

◆

「こんな時間に使者……?」

もうすっかり日は落ち、月明かりが空を照らす時間だ。しかも、バウムガルデン王国からというところが、公主アルベルトにとっては気になった。あの一家にとっては因縁の国だから。

「……馬を出せ」

「は」

「……念のため、あとをつける」


月明かりがあるから、アンネリーゼを乗せた馬車のあとを追うのは容易かった。そして、ようやくアンネリーゼの家の前に着いてみると、なんとバウムガルデン王家の家紋をつけた馬車が家の前に付けていた。

「……なぜ……?」

アルベルトが呟く。彼は知らなかった。アンネリーゼが再びバウムガルデンの、しかも今度は第三王子のエリアスから求婚されていることを。

不審に思ったアルベルトは、心の内で「すまない」と思いながらも、屋敷の中に忍び込む。

幸いにして、急な来客に慌ただしさを感じさせる家の中は、侵入者を容易く受け入れてくれた。

そして、アルベルトは声のする方へと入っていく。そして、細く扉の隙間を開けた。すると、アンネリーゼとエリアスが向かい合って立っていた。

「エリアス殿下……！」

アンネリーゼの声がした。


髪の長さが変わり、多少姿が変わったところはあるものの、かつてアンネリーゼがバウムガルデン王国で見たことのある、エリアスその人だった。

「……使者って……。だって、お断りしたじゃないですか。しかもご本人が、前触れもなく急に来るなんて！」

「断った」という言葉に、アルベルトも安堵する。

しかし、アンネリーゼは驚愕している。まさか、国境をまたいでまで新王太子本人がやってくるとは思わなかったのだろう。

「私がもう子供じゃないところを、君に見てもらいたくてね。直接会いに来たんだ」

相手が相手のため、仕方がなく招き入れたとはいえ、時間も時間だし、非公式に国をまたいでやってきていることに、アンネリーゼの両親などは眉根を寄せている。

「髪も幼く見えるから切ったし、馬の鍛錬も、剣の稽古もした……全ては、君を迎え入れるために」

エリアスが一歩アンネリーゼに近づく。

「……だから、理由はともあれ、お断りした、と申しているんです！」

アンネリーゼは、エリアスの言葉を拒絶するように、一歩後ずさった。

「どうして⁉　兄上は廃嫡された。当然だ。あなたを婚約破棄するなんて愚かなことをするからだ。だから、母上が断罪した。辺境の地の戦場へ追いやったんだ。だからバウムガルデンはあなたに最大限の謝罪をした。だから僕は、今度こそ僕の番だ……！　僕があなたを手に入れる……！」

アンネリーゼは大きく目を見開いて、エリアスの狂気じみたふるまいにかたまってしまい動けないでいる。そんな彼女に、エリアスの魔手が伸びようとする。

と、そんなとき。

「……こんな金の卵、バウムガルデンにやるわけにはいかないんでね。姫君は我がハイデンベルグがいただきますよ」

アルベルトが忍び伺っている扉とは別の扉から、王弟マルクが姿を現す。

そしてマルクは、アンネリーゼに伸びようとしていたエリアスの腕を易々とはたき落とし、優雅な仕草でありながらも、アンネリーゼとエリアスに距離を取らせ、そして、自らの方へと引き寄せた。

「こんなに花のように麗しく、そして素晴らしい才知を持った女性は、あなたのようなひょっこには譲れませんしね。それに第一王子がダメなら第三王子？　おそらく女王の命なのでしょうけれど、バウムガルデンはアンネリーゼ嬢をバカにするにもほどがある」

クスクスと子供相手とばかりに小馬鹿にした笑いを含みながら、マルクがエリアスを牽制する。そしてさらに、マルクはアンネリーゼに語りかけた。

「アンネリーゼ嬢、良くお考えください。軍事のみならず魔道具の開発技術に優れた我が国に来れば、あなたのその発想という名の才知を存分に花開かせることができるはずです。そして、私はそんな才能ある美しいあなたを、ただひとりの妻として終生守り通すとお誓いしますよ？どうです？　我が国にいらっしゃいませんか？」

その新たな人物の出現を忍び見て、アルベルトは驚愕する。第一王子とすげ替えられるように第三王子のエリアスが来たのも驚いたが、さらに軍事大国ハイデンベルグの王弟マルクまで彼女の夫にと名乗り出るとは。

すると、そのふたりを牽制するように、力強い声でアンネリーゼが拒絶の言葉を発しはじめた。

「エリアス殿下。……私は、あなたを未来の義弟としか見ていませんでした。そして、今も変わりません。元婚約者の弟君、そのままです。……私は、あなたの妻になる気は毛頭ありませんん」

その言葉を聞いたエリアスの表情には、明らかな落胆が浮かんだ。

「ふふ……エリアス殿は振られてしまいましたね。それにしても永遠に義弟としか見られないか……お可哀想に」

それを聞いたマルクが、愉快そうに肩を揺らして笑った。

「くっ……」

エリアスは、自分をあざ笑うかのような様子を見せるマルクを、歯噛みしながらにらみつける。しかし、マルクはエリアスのその態度すら歯牙にかける様子もない。

「……で、アンネリーゼ嬢。私の方はいかがでしょうか？　才知豊かなあなたには魅力的なご提案かと思うのですが……？」

余裕のあるそぶりで側にいるアンネリーゼに問いかけた。

「一度しかお会いしたことがありません。……贈り物は一度ちょうだいいたしましたが」

「そうだねえ……。ではこれで二度目になったね。そうやって、回数を重ねれば良いだけのことではないかな？　愛情とはそうやって育むものなのだから」

にっこりと笑ってマルクはアンネリーゼの拒絶を軽く躱《かわ》す。

「さっきから、才知、才知と……。マルクさまを筆頭としたハイデンベルグは、私自身を求めてくださっているんじゃなくて、私のこの発明に関する才能を欲しがっているだけでしょう？　そんな方の妻になるつもりはありません！」

そう言い切って、アンネリーゼがキッとマルクをにらみつける。

「アンネリーゼ嬢、そんな顔をしたら、君の花の顔が台無しだよ。なにも私は、あなたを妻に娶って利用したいというんじゃない。あなたこそ、私が生まれた意味だと。君のために全てを力をもってして君を支えていこうと、それが私の人生だと気がついたんだ……それは分かって欲しいね」

マルクの言葉は、その容姿と相まって、そこらの女性であれば、たちまち恋に落ちていたのではないだろうか。

マルクは甘い笑みを浮かべながら、慣れた手つきでアンネリーゼの腰に腕を回す。そして、アンネリーゼの頤《おとがい》に指を添えた。

「ねえ、アンネリーゼ嬢。私はあなたを私の唯一の妃として愛し抜くと誓いましょう。あなたは私が打算ばかりであなたに求婚しているのではないかと疑っておられるようですが、それは誤解です。この歳まで待って、そしてあなたを見つけたのです。私にはあとにも先にもあなたしかいない。それを信じて、私を受け入れて欲しいのです」

アンネリーゼの頤に添えられていただけの指が、そして、腰に添えられた腕の力が増す。そしてアンナリーゼの細い身体を拘束した。

「い……や……！」

アンネリーゼは渾身の力を込めて彼の身体を引き剥がし、逃れようとする。しかし、細身に見えようとも軍事大国の王弟、その彼の縛めを解くことは敵わなかった。

――誰か……！

助けを求めるアンネリーゼの脳裏に、ひとりの男性の姿が思い浮かぶ。

――アルベルト、さま……。

「……そこまでにしていただこうか」

それまで忍んでいたアルベルトが、扉から部屋に入り、みなに姿を見せた。すると驚きでマルクの拘束力が緩んだ隙に、アンネリーゼがマルクを突き飛ばす。

「おやおやおや。アンネリーゼ嬢も大変だ。アルベルト殿も名乗りを上げに来たと見える」

ライバルが増えて顔を青くするエリアスと対照的に、マルクは愉快そうに笑った。

「……アンネリーゼ。私の想いは、先日君に告げたとおり変わらない。私は、彼らに君を譲る気はない」

「……アルベルト、さま……」

そのときのことを思い出して、アンネリーゼの頬が朱に染まる。

「おや、先手を打たれていましたか……」

やれ面白くない、といった様子でマルクが肩を竦める。

「そんな……」

かたやエリアスは再び他の男にアンネリーゼを奪われる場面を目前にして、愕然とする。

そんなふたりを余所に、アルベルトはアンネリーゼに手を伸ばす。

「愛している、アンネリーゼ。私の手を取ってはくれないか」

「……私も、お慕いしております」

差し出された手の平に、アンネリーゼが自らの手を重ねた。

その、温かな手の温もりを再び感じて、手の甲に受けた、あの温かく柔らかな唇の感触を思い出す。そして、アンネリーゼは確信した。

――やはり、私はアルベルトさまをお慕いしている。彼は私を無理矢理権力や力で言うことを聞かせようとしたりはしない。私を価値で見たりしない。いつだって、私の意思を尊重してくれる……。

アンネリーゼは心の奥底ではっきりと思い知った。アルベルトの言葉にほだされていたのではない、自分自身が彼を恋い慕っているのだと。

そのふたりの様子を見て、肩を竦めてから、マルクはエリアスの方に歩み寄った。

「一時退散、ってところかね。……君にやる気があるのなら」

そして、マルクがエリアスの肩にポンッと手を置いて囁きかける。

すでに蚊帳の外になったマルクとエリアス。声をかけたのはマルクだった。

「私はこれで引き下がるつもりはないからね。……君は君で好きなようにするが良い」

そういうと、マルクはさっさと部屋をあとにした。

「…………」

エリアスは、仲睦まじい様子のふたりをにらみ見て、唇を噛む。そして、同じくマルクの出て行った扉から部屋をあとにしたのだった。

「……私を選んでくれて良かった」

「公主閣下……！」

互いに求め合うかのように身体を寄せ合う。

「怖かっただろう？　……早くに手を打てなくて済まなかった」

「大丈夫です。……もう、閣下がいらっしゃるから……」

アンネリーゼが笑う様子に、彼女の緊張がほどけたのを見て取って、アルベルトはようやく安堵のため息をつくのだった。

「……怖い思いをさせてごめん」

「大丈夫です。……でも、ちょっと嬉しかったです」

アンネリーゼがにっこりと笑った。

「嬉しい？」

「ええ、公主閣下があの場で私への想いを公言してくださって……」

おずおずと上目使いに尋ねる。

「アンネリーゼ。美しい青き宝石。……私のものになってくれないか」

「本当に私で良いのですか？」

「ああ、君が良い。私の妻になってくれ、アンネリーゼ」

「は……い……。公主、閣下……」

アンネリーゼの返答に、アルベルトが破顔する。そして、さらなる要求をする。それはずっと彼が望んできたことだった。

「違う、アルベルトだ。そう、呼んで欲しい」

クイ、と頤に指を掛けて、目と目を合わせる。反対の手で腰を引き寄せる。

「アルベ……ルトさま」

「さま、はいらない。もう一回」

「アルベルト……！」

「ああ、私だけの青き宝石、私のアンネリーゼ！」

アンネリーゼは唇にキスが来ることを覚悟して、瞳をつむった。しかし、温かく弾力のあるものが触れたのは、額だった。

アンネリーゼは、瞳を開いて戸惑いがちに、目をぱちぱちさせる。そして、じっとアルベルトを見た。

「あれ？　唇が良かった？」

「え……ええっと……」

羞恥で真っ赤になるアンネリーゼを見下ろして、満足そうにアルベルトが笑う。

そんな中、コホン、と咳払いの音が部屋に響く。

この家の主にしてアンネリーゼの父、バルタザール・バーデンだ。

「我が娘を助けていただいたことありがとうございます。また、お互い相思相愛になりましたこと、おめでとうございます。ただ、我が家はしがない男爵家にすぎません。なんの計画もなく娘をただ嫁入りさせることは少々軽率に思いますので、少し時間をいただきたいのですが……」

そういって、バルタザールはアルベルトに頭を下げた。

「……そうだな」

アルベルトはバルタザールに応えるように、アンネリーゼを解放する。離れた身体は少し寒く感じて、アンネリーゼは心細げな表情を見せる。

「大丈夫、アンネリーゼ。悪いようにはしないから」

バルタザールがアンネリーゼに近づいていって、その肩を優しく叩く。

「そうよ。元名宰相のお父さまのことですもの。きっと上手くやってくださるわ」

「おねえたま、ボク、ついてゆ～」

「あたちも、ついてゆ～」

お母さまが私の背を優しく撫でてくれ、幼い弟妹たちが私のスカートの裾を掴んで励ましてくれる。

「みんな……」

アンネリーゼは心強くもあったけれど、それよりも胸が熱くなって、涙になって思いが湧き上がり涙になり、瞳から溢れて頬を伝った。

「アンネリーゼ。私のアンネリーゼ。必ず迎えに来るから」

「アルベルト……。はい、信じて待っています」

そうしてアルベルトを見送って、バーデン家の長い夜は終わったのだった。

◆

ハイデンベルグの王弟マルクは、「遊学目的」の滞在許可もそう遅くはないうちに打ち切られるだろうと踏んで、早々に兄の待つハイデンベルグへ戻る準備をしていた。

そんなマルクに、幼い頃から彼に付けられた侍従が声をかける。

「そんなに簡単にあの令嬢をお諦めになるのですか……?」

その侍従から見てもマルクがアンネリーゼを気に入っていたことは明らかだった。実際に、側に使える彼は、マルクが兄である国王に、アンネリーゼを妃に迎えたいと打診する書簡を送ったのも知っていた。だからこそ、マルクの諦めの良さ、むしろ諦めの良すぎる態度を、不思議に思ったのだ。

「……くっ、くくく……私が、諦めるだって？」

クイ、と眼鏡の縁を持ち上げて、マルクが笑う。

「王の結婚など、実際に式に至るまで諸般にわたって調整が必要で、時間がかかるもの。まだいくらでも、彼女を手に入れる機会はあるさ」

それを聞いて、侍従は一度気に入ったら執着が激しい主人らしさを垣間見たような気がしてほっとする。しかし、マルクの言葉はまだ終わってはいなかった。

「……たとえ王妃になったとしても」

ニヤリ、とマルクが口の端をあげる。

「美しい王妃を争っての国と国の戦など、いくらでも史実にあるものだ。我が国はその名も高き軍事大国ハイデンベルグ。その国力を使ってでも、いつかきっとアンネリーゼを手に入れてみせる。アレは、それだけの価値がある女なのだから」

その言葉を発するマルクの表情の暗さに、侍従はぞっとした。

◆

かたやバウムガルデン王国のエリアスも、早々にアンネリーゼ宅へ赴いた馬車を帰途につかせていた。エリアスとともに馬車中で向かいに座るのは、彼の乳母兼教育係の女性である。

「エリアスさま。このまま帰途については、女王陛下のお怒りに触れ、カイン王子殿下の二の舞になるのでは……。私はそれが心配です。それに、幼い頃からお慕いしてきたアンネリーゼ嬢を、このままお諦めになるのですか？」

生まれたばかりの頃からエリアスを護ってきた乳母は、エリアスの心と身を案じた。

「……諦める？」

今回の三すくみでの対峙で、もっとも劣勢を演じるしかなかった自分のふがいなさに、ギリ、と唇を噛んで顔を上げる。

「……もっと研鑽を積む。あんな小国の公主なんかより、よっぽど私の方が男として魅力的だと思わせるくらい」

「殿下、研鑽を積んでもう一度アプローチします、程度の報告で、女王陛下がご納得なさるでしょうか……？」

エリアスの言葉に、乳母が心配そうに問いかける。しかし、乳母もエリアスの中のなにかが少しずつ変わっていくのを感じた。その一端が、今まで「僕」と言ってきた彼が、自分のことを「私」と言ったことにも伺い見えた。

「母上？　ああ、母上にならば、身を投げ打って頭を床にこすりつけてでも、彼女の権力、財力、なんでも乞うてその力を利用……おっと、ご助力願うさ。……アンネリーゼを手に入れる、そのためならね」

　そして、エリアスは馬車の窓から小さくなっていくデラスランドの中心にそびえ立つ城を眺め見る。

「見ていろ、次こそ彼女を我が国に連れ戻してみせる……！」

　そうしてエリアスはしばらく車窓を見つめるのだった。

第十二章　令嬢、婚約する

書面上の契約とか諸々に時間はかかったものの。

決まったらトントン拍子だった。

全く、お父さまったら、仰々しく念押しをすることなかったじゃない。

そう。文句をいっているのは、私、アンネリーゼ。

私はお父さまの友人のライナルト・ブラデンブルグ伯爵の養女となった。将軍でもあるブラデンブルグ卿の養女となった私にとって、アルベルトの婚約者になることはなんの障壁もなかった。


そうして、私はアルベルトが婚約を申し込みにやってくるのを待っている。

窓の外から馬車の音が聞こえてきて、公爵家の家紋の入った馬車が、伯爵家の前で止まる。

キィ、と音を立てて、御者が扉を開くと、あの方が馬車を降りてくる。

伯爵家の執事長が恭しくあの方を家に迎え入れて、庭に案内されるの。あの方は、私が待つ花の咲き乱れる庭の東屋に歩いてくる。一歩、また一歩。

そして今、目の前に――。

「アルベルト……」

「アンネリーゼ。会いたかった」

「……私もです」

私たちは、お父さまに言いつけられて、あの日以来会ってはいなかった。お父さまは、まだ新参の貴族。足下をすくわれないように、慎重にことを運ぼうという話に落ち着いたのだ。

その結果、私たちは、会うことはできなくなった。

ようやく私がブラデンブルグ伯爵の養女となったので、その伯爵家の娘として、今、婚約の申し入れを受けようとしているのだ。

アルベルトが、私が座っている前に跪く。そして、胸元から小箱を取り出し、それを恭しく差し出す。

「アンネリーゼ・バーデン・ブラデンブルグ嬢。……私の婚約者になってはくださらないか」

私の答えを言おうとすると、アルベルトが少し前に出てきて、私の唇にそっと指を添えて言葉を発するのを制する。

どうしたのだろう？と思っていると、アルベルトが、小箱の蓋を開けた。

その中には、光り輝く透き通ったダイアモンドの指輪が入っていた。

「これは、代々我が公爵家の正妃に贈られる指輪だ。これを嵌めて、私の妻となると約束して欲しい」

私の頬から涙が伝い落ちる。

「アンネリーゼ、泣くのが早いよ。……答えは？」

アルベルトが笑う。

「はい、私はあなたの妻になります。求婚を、お受けいたします」

そう答えると、そっと微笑んでアルベルトが小箱から指輪を抜き出した。そして小箱は要済みとばかりに地面に落とされる。すると、私の左手の薬指に冷たいものが差し込まれてきた。

それが済むと、私の左手の薬指に、美しい透明な石が置かれた指輪が嵌められていた。

その素晴らしい石が、乱反射して虹色に光る。涙で濡れた瞳には、それが余計に強調されて、世界がキラキラして、眩しかった。

——幸せ。

幸せだった。

「真実の愛」って、なんて幸せなんだろう——。

エピローグ

「――こうして、公爵さまと令嬢は、『真実の愛』で結ばれましたとさ。めでたしめでたし」

ふう、と私は肩を下ろす。ペンを置いて、少し疲れた肩を揉む。

「それは私たちの話かい？　それにしても、こんなときにまで執筆かい？」

アルベルトが座っている私の背後に立って、私に代わって、肩の凝りをもみほぐしてくれる。

「ええ、そうよ。私たちの話。そして、いつかやってくる私たちの子供に聞かせる絵本になるの」

それを聞いて、アルベルトがクスクスと笑う。

「まだようやく婚約が成立したばかりだというのに、子供とは気が早いなぁ。肝心の結婚がまだだろう？　ざっと見積もっても、婚約が成立してから結婚にたどり着くのには最低でも一年はかかるというのに」

「そうなのよね。いくら私がバウムガルデンで妃教育を受けていたといっても、この国ならではの覚えておくべきことは山のようにあるし。この国の貴族の顔と名前、紋章と統治している領の暗記に……」

私は指折り数える。

「それに加えて、教会の祭事に、諸外国を呼んでの婚約者のお披露目パーティー」

私はすでに組まれている予定だけでもため息が漏れた。

「でもね、将来私たちの間に生まれてくる子供たちには、私たちが結ばれたような幸せな婚約を経て、結婚してほしいもの。だから、その合間を縫ってでも仕上げておきたいの」

「うーん。先が長いなあ……。だったら、結婚はまだでも、それができる頃までに、先に子供だけでも作ってしまうかい？」

アルベルトがいたずらな顔をして悪ふざけを言う。

アルベルトがふざける傍らで、私は立ち上がってくるりとアルベルトの方に向き直る。

「ちょっと、アルベルト！　それじゃあ、バウムガルデンとおんなじじゃない！」

私はカインとサラサのことを示唆した。

「全くもう。そんなことは書かないし、しないわ。私とあなたの、素敵な愛のお話だけに焦点をあてているもの」

「素敵な愛、ね……」

そういうと、アルベルトは私の座る椅子の肘掛けに片手をかける。私は、彼の広い上半身でできた影に覆われる。

「幸せかい？　アンネリーゼ」

「ええ。とても……」

そう答えると、そっと唇が触れた。

――幸せってこういうことをいうのね。

周辺諸国には、まだ私を諦めていない国があって、きな臭さが消えたわけじゃない。でも、私たちふたりなら、きっとそれすら乗り越えてみせる。

そう、ふたりの愛の力で――。

了

あとがき

いつも応援ありがとうございます。そして、はじめて私の本を手に取ってくださった方は初めまして。ｙｏｃｃｏと申します。

今作は、私の作品としては登場人物も多かったかと思いますが、それぞれのキャラクターが生き生きと動いてくれたおかげで、名前はうろ覚えでも（笑）、ああ、あのキャラ！と思いだし易かったのではないでしょうか？

私の中でお気に入りのキャラは、主人公、ヒーローを除けば、まず、「赤の女王」ことアレクサンドラです。最初は、断罪用キャラとしておぼろげに生まれたキャラなのですが、「不思議の国のアリス」から、「赤の女王」を借用してからは、まあ、イメージがわくこと、自由自在に動くこと……。そして、私の作品の中で、もっともすっきりと断罪ができたのではないかと思っています。

ヒロインに関しては、アラフォーだったのなら、主任やチームリーダーなどを任されて、バリバリ仕事をしていただろうなあという想像から、ソロバンに電卓の発明が生まれました。女性ヒロインの作品の中では地味かな〜などと思いながらも、珍しいかな、と思い、取り入れて見ました。

この作品は、ヒロインもヒーローも、一人で最強！ではありません。周囲の人々の力を借りながら、特にエッドガルドさんが苦労をしながら、みんなで善い国にしよう！と努力していくお話です。ちなみに、エッドガルドさんの、高級冷蔵庫開発の話は、担当さんたちにうけていただきました（笑）

そんな、さまざまなキャラクターが生き生きと生きている、そんな世界を楽しんでくれたらな、と思います。

ここまで読んでいただきありがとうございます。

ここからは謝辞になります。

担当のＩさん、Ｗさん、ご相談に乗っていただいたり、励ましてくださったり、大変お世話になりました。

それから、イラストの鳥飼《とりかい》やすゆき先生。お話を受けていただき、ありがとうございました。

そしてなにより、この本をご購読くださった皆様！　本当にありがとうございます。

最後に、この本に携わってくださった皆様に謝辞を述べて終わらせていただこうと思います。

ありがとうございました！

yocco

捨てられ才女は家族とのんびり生きることにします

2024年5月5日　初版第1刷発行

著　者　yocco

発行人　菊地修一

発行所　スターツ出版株式会社

〒104-0031　東京都中央区京橋1-3-1　八重洲口大栄ビル7F
TEL　03-6202-0386（出版マーケティンググループ）
TEL　050-5538-5679（書店様向けご注文専用ダイヤル）
URL　https://starts-pub.jp/

印刷所　大日本印刷株式会社

ISBN　978-4-8137-9329-8　C0093　Printed in Japan

[yocco先生へのファンレター宛先]
〒104-0031　東京都中央区京橋1-3-1　八重洲口大栄ビル7F
スターツ出版（株）　書籍編集部気付　yocco先生